Gerald Messadié, ein gläubiger Katholik, wurde 1931 geboren. Mit zwanzig veröffentlichte er seinen ersten Roman. In der Folgezeit widmete er sich dem Wissenschaftsjournalismus; seine entsprechenden Publikationen beschäftigen sich mit gesellschaftskritischen Themen. Gerald Messadié ist heute stellvertretender Chefredakteur eines Wissenschaftsmagazins. In Deutschland wurde er berühmt durch den Bestseller »Ein Mensch namens Jesus«, deutsche Gesamtauflage 440000 Exemplare.

Von Gerald Messadié ist außerdem erschienen:

Ein Mensch namens Jesus (Band 3176)

Dieses Buch wurde auf chlor- und säurefreiem Papier gedruckt.

Deutsche Erstausgabe Januar 1994

Titel der Originalausgabe »Le Chant des Poissons-Lunes«

Originalverlag Robert Laffont, Paris
Umschlaggestaltung Adolf Bachmann, Reischach
Umschlagfoto Jean-Louis Martinetti
Satz IBV, Berlin
Druck und Bindung Ebner Ulm
Printed in Germany 5 4 3 2 1
ISBN 3-426-60164-8

Gerald Messadié

Der Gesang der Mondfische

Roman

Aus dem Französischen
von Christine Steffen-Reimann

Knaur

Für Ekkehard Eickhoff, Botschafter,
und für Raguenet, Botschafter,
in lebendiger Freundschaft

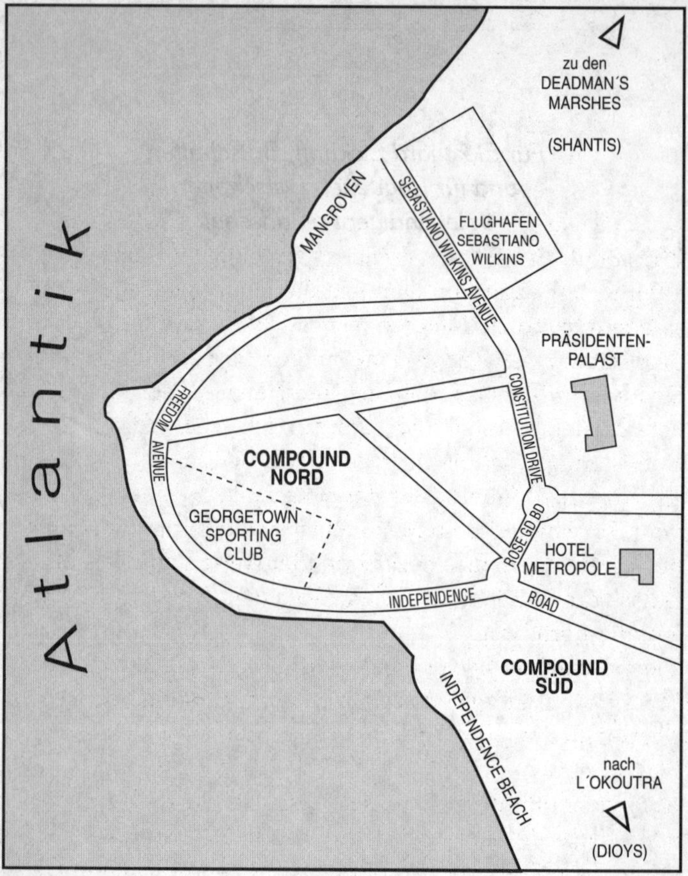

Cape Freedom

1

Präsident Sebastiano Wilkins erschien um sieben Uhr abends, um neunzehn Uhr, wie die Franzosen sagen, um in siebenundzwanzig Minuten zu versichern, daß der Aufstand der »Räuber der Mangroven«, im geographischen Sinne der Deadman's Marshes, vom zweiten Bataillon der Marinefüsiliere niedergeschlagen worden sei. Ich weiß nicht, was die Bevölkerung von dieser Information hielt, doch Carlo, der eingeborene Majordomus der Botschaft, der gleichzeitig mit dem Botschafter, dem Militärattaché und mir in den Fernseher schaute, senkte in bezeichnender Weise den Blick, als der Botschafter ihn fragend ansah. Was seine Art ist, sein Mißfallen auszudrücken.

Diese Reaktion war um so erstaunlicher, als Carlo, obwohl Mischling, mütterlicherseits aus dem Stamme der Dioys stammt, der ein Feind der Shantis ist, der Aufständischen der Mangroven.

»Zugegebenermaßen hat der Präsident ein wenig übertrieben«, sagte der Botschafter mit einem Lächeln, während er seinen Whisky-Soda von dem Tablett nahm, das ihm Carlo reichte.

Die Erklärung des Präsidenten änderte nichts an dem Leben im Botschaftsviertel, und offenbar auch nichts in Georgetown, der Hauptstadt. Über Georgetown wissen wir eigentlich nicht viel. Wir Diplomaten kommen nur selten hin. Weder das Restaurant noch das Cabaret im *Georgetown Metropole,* dem großen modernen Hotel der Stadt, stellen besondere At-

traktionen dar. Das Restaurant ist eine absurde Einrichtung, die zum Beispiel darauf besteht, bei hochsommerlichen Temperaturen Schweizer Fondue zu servieren, und die sich eines einheimischen Kellermeisters rühmt, eines Shanti, der auf seinem gestärkten Vorhemd eine riesige funkelnde Weinpipette zur Schau stellt, doch die Bürokraten und Geschäftsleute der Gegend schwärmen für solche Mätzchen; sie lassen sich ins *Relais des Tropiques* chauffieren, um ein Champignongratin mit Rehkeule aus Frankreich zu verzehren, und bestellen sich meistens als Vorspeise Schnecken aus Burgund, die im übrigen aus Rumänien importiert wurden. Klimatisierte Mercedesse fahren um zwei Uhr morgens vor, um die vom Pommard und anderen Marken angesäuselten Honoratioren heimzufahren, ganz zu schweigen von den Getränken, die man im *La Volière*, dem Cabaret, konsumiert hat.
Die Diplomaten meiden den Nightclub; die Animiermädchen dort sind Spioninnen. Diejenigen, die hinter Huren her sind, halten sich in der Nähe der Independence Road auf, der Verkehrsader, wo die Dirnen jung und hübsch, wenn auch oft geschlechtskrank sind. Dr. Barnaby Bach, der Arzt für Geschlechtskrankheiten, hat sich dank der diplomatischen Geschwüre viele Hektar hervorragenden Landes gekauft. Wir gehen also nur in die Stadt, um dem feierlichen Gottesdienst in der anglikanischen All Saints' Cathedral oder in der katholischen Kathedrale Saint-Georges beizuwohnen. Wir gehen vor allem hin, um unsere Kollegen aus den östlichen Ländern zu ärgern, die offiziell Atheisten sind, denn beim Herauskommen werden wir immer zusammen mit den Honoratioren von der *Georgetown Gazette* fotografiert.
Man kann den Einfluß des Westens auf Georgetown und die postkoloniale Elite des Landes an einem grotesken Detail ablesen. Wenn es den Honoratioren nicht gelingt, einen Gratisflugschein der ersten Klasse für eine der Linien zu ergattern,

die die Hauptstadt anfliegen, weigern sie sich hartnäckig, den ganzen Preis zu zahlen, und stürzen sich auf die Touristenklasse. Doch um zu vermeiden, unter den Augen von Eltern, Freunden und Bekannten zur hinteren Treppe gehen zu müssen, was ja hieße, daß sie billig reisen, stecken sie dem Mann, der die Passagiere vor dem Start aufruft, eine Zehn-Dollar-Note zu; dieser läßt sie sich dann der Gruppe der Erste-Klasse-Passagiere anschließen, die vorne einsteigt!
Unausweichlich bleiben diese falschen Erste-Klasse-Reisenden auf der halben Treppe stehen und drehen sich um, um den Zeugen ihres sozialen Status zuzuwinken, die auf der Terrasse des Flughafens stehen. Was aus dem Wächter an den Türen des Flughafens einen der wohlhabendsten Beamten macht. Was aber auch bewirkt, daß wir ein wenig Herablassung gegenüber den Honoratioren demonstrieren. Wir begegnen uns wenig, außer bei offiziellen Empfängen. Die Parole auf dem *compound* lautet »Lächeln und Distanz«.
Das Botschaftsviertel, das man im allgemeinen den Compound nennt, umschließt alles, was für unseren Komfort und das Betäuben der Langweile nötig ist. Er liegt auf dem Freedom Cape, dem ehemaligen Cabo Magalhaes, und wird fast genau durch die Meeresstraße, also die Freedom Avenue, den Ex-Jacaranda-Drive, den wir die Corniche nennen, am Atlantik und durch vier Straßen begrenzt, die wie das Segment eines Bogens aussehen: Sebastiano Wilkins Airport Avenue, Constitution Drive, Rose Gardens Boulevard und Independence Road. »Avenue«, »Drive« und »Road« sind alles Namen, die breite sechsspurige Verkehrsadern bezeichnen sollen, deren wahre Funktion nicht darin besteht, den Verkehr in einem Land zu erleichtern, in dem es ziemlich wenige Autos gibt, sondern im Gegenteil die Kommunikation zwischen dem Botschaftsviertel, das das der Weißen ist, und dem

Rest des Landes einzuschränken. So entschied man schweigend, völlig stillschweigend, fast heuchlerisch – ja, warum nicht heuchlerisch? – zu einer Zeit, als das Land eine Kolonie der britischen Krone war.

Freedom Cape, das abwechselnd während fast eines Jahrhunderts den Namen Westward Cape und Cabo Magalhaes trug, war das Viertel der britischen Residenzen und einiger Konsulate, die ausschließlich für den Verkehr der Waren zuständig waren, die nach Georgetown kamen. Der Geist ist unverändert. Als manche Länder in den letzten Jahren in Georgetown Botschaften eröffnen mußten, ist es ein wenig eng geworden. Die Franzosen zum Beispiel haben zugestimmt, eine Villa auf ihrem diplomatischen Territorium an Griechenland zu verkaufen, und die Amerikaner eine an Venezuela. Doch als die afrikanischen Länder sich nach freiem Gelände erkundigten, antwortete man ihnen mit einem gezwungenen Lächeln: »Tut uns leid, kein Zentimeter mehr frei.«

So ließen sich die afrikanischen Botschaften im Süden der Independence Road am Meer in der Nähe der Botschaften der kommunistischen Länder nieder. Zwischen ihnen und uns erstrecken sich die einige hundert Hektar des Georgetown Sporting Club; Rasen, Golfplatz, Gärten und Strände. Der Club ist natürlich für alle Mitglieder des diplomatischen Corps offen, doch die Afrikaner verirren sich nur selten dorthin. Die Küche des Restaurants bringt sie außer Fassung, denn sie wird mit den lokalen Zutaten bereitet, die sie zweifellos an ihre Ursprünge erinnern: Avocados, Ignamen*, Tapioka, Mais. Fleisch gibt es selten, doch Fisch sehr häufig, denn die Weißen nehmen Diäten ernst.

»Und Sie mögen wirklich diese Nachspeisen mit Mangos,

* Igname = Jamswurzel (Anmerkung der Übersetzerin)

Guaven und Papayas?« fragte mich eines Tages ungläubig eine Beamtin des Außenministeriums.
»Wir sind direkt wild darauf«, antwortete ich.
Im Grunde wußten wir genau, worüber wir sprachen.
Das war im *Metropole.* Sie bestellte eine Portion *Sachertorte.* Wir lächelten beide.
Heute abend gibt es ein kleines Essen bei dem deutschen Botschafter. Wir werden zu acht sein. Außer dem Botschafter und seiner Frau wird Margo de Brouckère da sein, die aus Gabun zurückkommt, wo sie zwei Jahre mit dem Studium der Affen verbracht hat, außerdem Sylvia de Cazaux, trotz ihres Namens Proletarierin und Holländerin, Spezialistin für primitive Kunst in New York, der erste Sekretär Konzelmann und seine Frau und der berühmte und geheimnisvolle Siegfried Glaser, ein professioneller Reisender. Ich werde allein kommen, denn meine Frau mußte nach Europa ans Krankenbett ihrer Mutter eilen.

2

Meine Identität und die meines Landes tun nichts zur Sache. Ich möchte nur sagen, daß man mich Babar nennt, seit meiner Kindheit, nicht wegen meines Äußeren, denn ich bin schmal, sondern wegen meines ewig erstaunten Ausdrucks und meines friedlichen Wesens. Man hält mich manchmal für naiv, und vielleicht bin ich tatsächlich ziemlich arglos. Ich finde nicht, daß das ein Verdienst ist: Man wird so geboren – wie man blond oder brünett geboren wird.

Sobald ich meine Eingangsprüfung am Ministerium hinter mir hatte und aufgenommen war, beschloß ich zu heiraten. Mein Geschmack richtete sich auf ein träumerisches Mädchen, Clarisse, doch die Tatsachen empfahlen Marie-Louise, die aus besserer, das heißt reicherer Familie kam. Clarisse liebte lange Schweigepausen und rätselhafte Verhaltensweisen, die sie »komisch« erscheinen ließen, während Marie-Louise auf auffälligere Weise hübsch war, lebhaft und von ihrer Mutter mit einem sozialen Sinn ausgestattet, von dem die meine mir hartnäckig versicherte, daß er besser zu meiner diplomatischen Karriere paßte.

»Clarisse zieht sich einfach irgendwie an, und ihre Haare... Marie-Louise dagegen ist immer elegant.«

Ich bat also offiziell um ihre Hand und wurde sofort akzeptiert. Die Mütter hatten offenbar heftig telefoniert. Die Hochzeit wurde in der kleinen Kirche Saint-Gervais gefeiert, in Ouldham-les-Prés, wo Marie-Louises Familie einen Besitz hat. Es war zauberhaft, voller Blumen, ehrbar. Wage ich es zu sagen?

Ich ging jungfräulich in die Ehe. Ich glaube, trotz aller Reden ist so ein Fall weder selten noch unerhört. Abgesehen von einigen fieberhaften Berührungen mit einer Cousine, als ich sechzehn war, die sich zweimal wiederholten, ohne daß die Geschlechter wirklich zusammenkamen, und die in Verwirrung, Rotwerden und Keuchen endeten, hatte ich kaum Erfahrung. Ich war ständig besorgt, daß ein Mädchen so tun könnte, als nähme es die Pille, um mir eine schandbare Ehe aufzuzwingen, indem es schwanger wurde, und meine Mutter und meine Schwester waren sich einig darin, mich in dieser Furcht zu bestärken. Denn schließlich bin ich das Kind dieser beiden Frauen. In der quasiprovinziellen Gesellschaft, in der ich aufgewachsen bin, ging man nicht »zu Frauen«, oder man ging nur hin, wenn man betrunken oder zu häßlich war. Die Ehe kam also gerade rechtzeitig, um mich daran zu hindern, »ranzig« zu werden.
Ich war siebenundzwanzig, Marie-Louise dreiundzwanzig. Wenn sie meine verliebte Ausgelassenheit in den Monaten oder vielmehr Wochen kurz nach unserer Hochzeit ertragen hat, so hat sie doch schnell Ordnung hineingebracht. »Man regt sich doch nicht so auf!« rief sie, wenn meine Unruhe zu sichtbar und also unpassend wurde. Ich ließ es zu, gezügelt zu werden, und lasse es immer noch zu. Sexualität ist für uns beide eine animalische, gefährliche, erschöpfende Angelegenheit, auch wenn wir so tun, als seien wir mit ihr bestens vertraut durch Presse und Fernsehen, die sie im Überfluß präsentieren. »Denk doch an morgen«, sagt sie manchmal zu mir und erinnert damit an einen Tag voller Arbeit, wenn ich um etwas Zusätzliches bitte. In stillschweigendem Einverständnis haben wir sie also mit Gewohnheiten, ja sogar Banalität verhüllt. Wir sind, wenn wir uns für die Toilette oder zum Schlafengehen ausziehen, nur von unpersönlicher, quasi medizinischer Nacktheit. Doch seit wir in Afrika sind, unserem dritten

Posten nach Djakarta und Athen, muß ich, ohne zu wissen warum, über diese Zensur nachdenken. Ich habe manchmal den Eindruck, daß wir zu Hause ein Rhinozeros haben, das wir mit Röcken bekleidet und dem wir einen Blumenhut aufgesetzt haben. Vielleicht sind es das Klima oder die Landschaft, die die Gleichgültigkeit angreifen. Vielleicht ist es auch der Anblick der Schwarzen, die so schöne und zweifellos erotische Körper haben; die Männer und vor allem unsere Gärtner sieht man oft mit nacktem Oberkörper, und die Frauen zeigen ihre Schultern und lassen weiche und füllige Brüste erahnen.
Ich streifte eines Abends das Thema, und Marie-Louise rief die Religion, dann die guten Sitten zur Verstärkung. Ich weiß nicht, was ihre Religion ist, denn ich weiß auch nicht, was die meine ist. Wenn wir auch jeden Sonntag nach Saint-Georges gehen und wenn auch Marie-Louise Ostern feiert, habe ich doch nicht die geringste Ahnung, was das Wort »Fleischwerdung« bedeutet, und von der Erbsünde habe ich nur eine sehr vage Vorstellung. Ich weiß wirklich nicht, was für ein Bild sich Marie-Louise von Gott macht. Manchmal habe ich das starke und unangenehme Gefühl, daß sie ihn als den Großen Buchhalter betrachtet, der am Ende des Rennens mit einem Buch wartet, auf dessen linker Seite er die Schulden und auf der rechten die Habenposten notiert hat. Diese Vorstellung kommt mir lächerlich, unwürdig und erbärmlich vor.
Um ihre zur Schau gestellte Überzeugung vom Weiterleben der Seele zu unterstreichen, nimmt Marie-Louise zu Geistergeschichten Zuflucht. Auch da kommen mir ihre Argumente lächerlich vor. Sie behauptet, daß man in irgendeinem englischen Schloß den Geist von Anne Boleyn sieht, der die Treppe hinuntergeht, und zwar nicht in der heutigen Anordnung der Stufen, die neu gebaut wurden, sondern in der von früher. Doch warum sollte die Seele von Anne Boleyn auf der Erde geblieben sein?

Bei einem normalen Paar werden solche Fragen nicht vertieft, denn man kann keine Antworten darauf finden. Auf jeden Fall ändert das doch offenbar nichts an der Ehe, oder? Es kann keine Beziehung geben zwischen dem Geist einer englischen Königin und der Sexualität der Ehegatten.
Und doch...
Ich schreibe dies alles, damit das folgende verständlich wird. Merkwürdigerweise gibt es eine Beziehung zwischen dem Geist der Gattin von Heinrich VIII. und der Art, wie eine Frau ihre Brüste darbietet oder nicht, damit man an ihnen saugt, um nur dieses Detail zu nennen.

3

»Warum«, fragte im Laufe des Essens der Botschafter Margo de Brouckère, »interessieren Sie sich für Affen? Zwei Jahre nur mit ihnen...«
Margo gehört zu den Frauen, deren offensichtliches Alter an einem Punkt in ihrem Leben konstant bleibt. Vorher sind sie nicht sie selber, und ein Nachher gibt es nicht. So ist Margo sicher seit zehn Jahren vierzig, und es ist wenig wahrscheinlich, daß sie sich in zwanzig oder dreißig Jahren viel verändert haben wird. Vielleicht werden ihre sandfarbenen Haare hier und da weiß geworden sein, doch ihre grauen Augen werden zweifellos für immer jene träumerische Gelassenheit behalten, und sie wird kein Doppelkinn bekommen; sie ist ein magerer und lockerer Mensch und voller Zurückhaltung. Sie scheint nie einen Ehemann gehabt zu haben. Sie ist Lehrstuhlinhaberin für Ethologie an einer amerikanischen Universität, ihre beruflichen Beziehungen haben sie für die Kulturabteilung der Botschaft der USA empfehlenswert gemacht; sie wurde deshalb als zeitweiliges Mitglied des Clubs zugelassen, und als solches bewohnt sie seit einigen Tagen ein Chalet am Strand. Denn der Club nennt ungefähr zwanzig Chalets sein eigen, die an Gäste vermietet werden, die der unpersönliche Komfort des *Metropole* nicht reizt.
»Der Inzest, Exzellenz«, antwortete Margo mit ihrer verschleierten Stimme.
Der Botschafter neigte sich leicht über seinen Teller, seine Frau hielt ihre Gabel unbeweglich, Konzelmann riß die Au-

gen auf, Glaser hob die Augenbrauen, Sylvia und ich wandten uns Margo zu und warteten auf eine Erklärung.

»Der Gegenstand meiner Untersuchungen ist folgende Frage: Warum sieht man keinen Inzest bei den Orang-Utans, die doch Primaten und also uns nahe sind?« erwiderte Margo.

»Ist das wirklich wahr?« fragte die Gattin des Botschafters ohne Begeisterung.

»Meine Arbeit bestand darin, es zu beweisen.«

»Aber was kann das für eine Bedeutung haben?« fragte Glaser.

Margo lächelte unmerklich. »Für die Ethologen, das heißt die Verhaltensforscher, kann es eine haben. Es erklärt zum Beispiel, wie sich in Tiergemeinschaften Paare bilden, und die Bildung von Paaren trägt ihrerseits dazu bei, die Struktur von Gesellschaften zu erklären«, erläuterte sie.

»Und haben Sie eine Antwort auf Ihre Frage gefunden?« fragte Konzelmann mit leicht ironischem Ton.

»Ich glaube ja. Es ist der Geruch. Weder die Männchen noch die Weibchen, die zusammen aufwachsen, können ihren gegenseitigen Geruch ertragen. Das ist einer der Gründe, warum die jungen Männchen, wenn sie alt genug sind, um sich fortzupflanzen, ihre Familie verlassen, um in anderen Gebieten Paare mit Weibchen aus anderen Gruppen zu bilden.«

Die Gattin des Botschafters wirkte erleichtert; sie hatte zweifellos eine etwas schlüpfrige Antwort befürchtet. Vorsichtshalber beschloß sie, den Kaffee im Salon servieren zu lassen. Dort fragte ich Margo de Brouckère, wie ihre Forschungen das menschliche Verhalten erklären könnten.

»Es ist nicht sicher, daß man diese Fakten auf das menschliche Verhalten übertragen kann«, antwortete sie. »Man kann nur Hypothesen formulieren und andere Fragen heraufbeschwören. Leiden die Menschen, die Inzest begehen, etwa unter Geruchsstörungen?«

»Und wenn Ödipus nicht so lange von seiner Mutter Iokaste getrennt gewesen wäre, hätte er sie trotzdem geheiratet und hätte er ihren Geruch nicht erkannt?« fügte ich lachend hinzu.

»Die großen Klassiker sind alle große Ethologen«, bemerkte Margo. »Auf jeden Fall bestätigt dies die Bedeutung des Geruchssinnes in unserem Verhalten. Man hat bei Menschen ein interessantes Experiment gemacht. Man hat willkürlich auf die Sitze eines Hörsaals Extrakte von männlichen Hormonen verteilt, dann heimlich die Sitze gekennzeichnet, und dann hat man eine bestimmte Anzahl Frauen hereinkommen lassen. Fast alle haben von sich aus die Plätze gewählt, die die männlichen Hormone trugen. Doch es gibt noch so viele Forschungen anzustellen!«

»Zum Beispiel?«

»Zum Beispiel«, erwiderte Margo und richtete ihre grauen Augen mit einer beunruhigenden, fast provozierenden Intensität auf mich, »warum die Weißen den Geruch der Schwarzen unerträglich finden und umgekehrt.«

»Ich habe geglaubt, daß den Schwarzen weiße Haut gefällt?« bemerkte ich, ein wenig verlegen wegen der Richtung, die das Gespräch nahm, und wegen des drängenden Tons in Margos Stimme.

»Sie finden, daß die Weißen nach Schwein riechen«, antwortete sie.

Da der Botschafter sich zu uns gesellt hatte, wechselte ich lieber das Thema. Wir sprachen eine Zeitlang über die aktuelle politische Lage, dann verabschiedeten wir uns, da alle wußten, daß unser Gastgeber früh zu Bett ging. Ich war nicht müde, und da die Bar auf der Terrasse des Restaurants noch offen war, ging ich hin, um ein Glas zu trinken.

Als ich durch den Fernsehraum gehe, sehe ich einige schwarze Diplomaten mit ihren Familien, fasziniert vom Ende

eines amerikanischen Films, der im kolonialen Afrika der zwanziger Jahre spielt und auf eine große Leinwand projiziert wird.
Auf der Terrasse schweben große, samtige, bronzefarbene Falter, die die Meeresbrise herangetragen hat; sie stoßen an Lampen und Gäste, bevor sie sich an den Wänden niederlassen. Ungefähr fünfzehn Gäste schnappen hier frische Luft, nippen an Cocktails und atmen aromatische Düfte ein, von blühenden Mangobäumen oder Frangipanis. Walter Maugras von der französischen Botschaft sitzt allein an einem Tisch und streichelt mit düsterer Miene ein Glas Whisky-Soda. Er lädt mich mit einer Handbewegung ein. Ein diskreter Blick auf die Rechnung unter dem Aschenbecher sagt mir, daß Maugras bei seinem dritten Glas ist. Warum ist er allein?
»Meine Frau ist zu Hause geblieben. Sie war ein wenig mitgenommen von der Hitze des Tages«, sagt er, als habe er meine Gedanken gelesen.
Der Ober, ein Italiener, bringt mir ein Bier.
»Kaputtes Land, finden Sie nicht?« fragt Maugras mit einem schiefen Lächeln, nachdem er mir eine Zigarette gereicht hat.
Die Neurosen der Diplomaten, die in abgeschlossenen Gegenden ihren Dienst tun, Neurosen, die die Angelsachsen *cabin fever* nennen, nach den Krisen, die bei den einsamen Holzfällern in den Wäldern auftreten, sind so wenig willkommen wie die Grippe eines Nachbarn im Büro: Man bemüht sich, nicht angesteckt zu werden, und bleibt dabei doch höflich. Ich weiß nur zu gut, daß es einem Luxusgefängnisaufenthalt gleichkommt, zwei oder drei Jahre lang in einem geschlossenen Raum wie dem Georgetown Sporting Club abgestellt zu sein, so bequem und fröhlich dieser auch sein mag, ohne einen anderen Kontakt mit der Außenwelt als das Fernsehen. Doch schließlich haben seine Kollegen am Quai d'Or-

say Maugras ja wohl gewarnt. Es sei denn, seine gegenwärtige Verfassung geht auf ein persönliches Problem zurück, zum Beispiel einen Ehekonflikt...

»Verstehen Sie«, fährt Maugras fort, »die Abendessen mit Kollegen, Baden, gegrillte Langusten, Kino und Frangipani, davon habe ich wirklich die Nase gestrichen voll!«

»Sicher verstehe ich, doch es ist ja nicht für die Ewigkeit. Bitten Sie doch um Urlaub.«

»Ich komme gerade aus dem Urlaub. Zurückzukommen macht alles nur noch schwerer.«

»Schwerer!«

Man muß schon sehr unsensibel sein, um von dem Ton und den Worten, die Maugras benutzt, nicht getroffen zu sein.

»Lieben Sie die Jagd nicht? Sie könnten im Oktober auf Safari nach Okoutra gehen.«

Maugras wendet sich mir zu und sieht mich ungläubig an.

»Sie wissen also nichts in der Botschaft?« fragt er.

»Sagen Sie mir nur, was Ihnen als erlaubt erscheint«, sage ich und bin erschreckt von der Möglichkeit einer Indiskretion, die der Alkohol einen Botschaftskollegen begehen lassen könnte, einer zwar befreundeten, aber immerhin ausländischen Botschaft.

Maugras lächelt und zieht aus seiner Tasche eine amerikanische Zeitung, die mit dem Sechs-Uhr-Flugzeug angekommen ist. Mit dem Zeigefinger deutet er auf einen Artikel: GEORGETOWN VON REBELLEN EINGEKREIST. Nicht nur die Deadman's Marshes im Norden sind unter der Kontrolle der Rebellen, sondern auch die ausgedehnte Gegend von Okoutra bis zu den Hügeln des Adélé.

»Aber das war vor der Rede von Wilkins am Abend«, sage ich verlegen.

»Wilkins lügt wie gedruckt«, antwortet Maugras. »Wir werden belagert.«

»Aber Okoutra ist doch vor allem von den Dioys bewohnt, die den Shantis feindlich gesinnt sind«, meine ich. »Halten Sie es für möglich, daß die Dioys und die Shantis sich verbündet haben, um Wilkins zu stürzen? Außerdem genießt Wilkins die Protektion der Amerikaner...«
Maugras senkt die Lider ein wenig herablassend, als ob er mit einem etwas begriffsstutzigen Menschen spräche.
»Es ist nicht die Rede von einem heimlichen Einverständnis zwischen den Dioys und den Shantis. Boniface Barrington, der Anführer der Dioys, hat nicht akzeptiert, daß die Shantis die Macht ganz allein ergreifen, was seine Stämme unterwerfen würde. Er hat deshalb beschlossen, Pépé Akouli in Georgetown im Kampf um die Macht zu überholen. Die amerikanische Protektion wiegt für Wilkins nicht schwer, der zum Stamme der M'was gehört. Wie Sie wissen, wurde dieser immer von den Dioys und den Shantis als Fremder betrachtet, und im übrigen ist dieser Stamm in der Minderheit. Sie können sich doch nicht vorstellen, daß die Amerikaner Marinefüsiliere schicken, um Wilkins zu verteidigen und um im Busch zu kämpfen? Jedenfalls haben die Amerikaner nie viel von Afrika verstanden, wenn sie überhaupt je etwas vom Rest der Welt verstanden haben.« Maugras stürzt einen großen Schluck Whisky hinunter und fährt fort: »Im Moment dürfte wohl der Militärattaché mit leeren Händen von seiner Erkundungsmission bei Akouli zurückkehren.«
»Warum mit leeren Händen?«
Maugras zuckt die Achseln.
»Weil Akouli sicher abgelehnt hat; schließlich hat sich Barrington in Bewegung gesetzt, und er weiß, daß die Amerikaner in so einer Situation nicht viel ausrichten können. Ich habe Ihnen ja gesagt: Es ist ein kaputtes Land.«
Eigentlich müßte ich Maugras gratulieren. Auch ich kannte die Gegebenheiten, die er mir gerade mitgeteilt hat, das heißt

die Erregung der Dioys und der Shantis, doch in seiner Eigenschaft als Beamter einer ehemaligen Kolonialmacht konnte er sofort einwandfrei die Synthese der Elemente herstellen. Außerdem verfügen die Franzosen in den meisten afrikanischen Ländern über ein Netz tüchtiger Informanten, was für mein Land nicht zutrifft.
Maugras' Gerede macht mir angst. Ich verabschiede mich von ihm und beschließe, zur Residenz meines Botschafters zu gehen, um ihn sofort über das zu informieren, was ich weiß. Auf dem Weg dorthin, der über die Corniche führt, entdecke ich am Strand eine Gestalt im Schatten der *casoarinas,* die im Mondschein vor dem fast glatten Meer sitzt. Ich glaube Margo de Brouckère zu erkennen, doch ich könnte es nicht beschwören. Ich weiß nicht, warum ich leicht beunruhigt bin.
Der Botschafter empfängt mich sofort, im Bademantel. Er ist vor einer Stunde vom Botschafter Frankreichs von den Ereignissen in Kenntnis gesetzt worden.
Die Lage ist zweifellos angespannt, denn der französische Botschafter hat empfohlen, man solle Vorräte anlegen, vor allem Trinkwasser.
Als ich durch den Garten der Residenz gehe, laufe ich dem Chiffrierspezialisten über den Weg, der zu seinem Bungalow geht, der ungefähr zehn Meter von hier entfernt liegt. Seine Anwesenheit zu dieser späten Stunde bezeugt, daß er damit beauftragt wurde, die Informationen dem Außenministerium in Europa zu übermitteln. Meine Anwesenheit zeigt, daß ich über die Ereignisse auf dem laufenden bin. Mit verständnisinniger Miene nicken wir beide.
»Kaputtes Land, nicht wahr?« sage ich.
»Sie sagen es.«
Wir schütteln uns die Hand.
Vom Fenster des Schlafzimmers in der Villa, die ich mit drei anderen Paaren bewohne, kann man durch die Äste der Bou-

gainvilleen den ersten Stock des Kanzleramts der amerikanischen Botschaft sehen, der hell erleuchtet ist.
Bevor ich einschlafe, denke ich wieder an Margo de Brouckère. Ist sie es gewesen? War das wirklich sie? Was machte sie denn allein am Strand? Hat sie auf jemanden gewartet? Und auf wen?

4

Am nächsten Tag nichts.

Natürlich hingen alle um sieben Uhr abends vor den Fernsehgeräten. Kein Wort im Lokalfernsehen. Präsident Wilkins trat dort zwar auf, doch in Begleitung von Madame Esmée Coelho, der eifrigen Präsidentin des Demokratischen Frauenverbandes; beide standen auf den Stufen des Präsidentenpalastes, zu dem sie gekommen war, um die Forderungen der Frauen des Landes nach einer größeren Beteiligung der Mütter und Gattinnen am sozialen Leben des Landes vorzubringen. Blabla von beiden vor Beamten mit hochgeschlossenen Kragen, Krawatten, Neuigkeiten aus der Wirtschaft, der Kurs des Okoumé, des Kakaos, des Zinks usw., dann ein endloser Bericht vom Salon der tropischen Flora, den Madame Wilkins eröffnet hatte, Sportnachrichten... Man wurde allmählich in allen Botschaften unruhig, nehme ich an, doch vergebens. Georgetown ist die geringste Sorge des Restes der Welt. Oder aber man hat plötzlich eine Nachrichtensperre über die Lage verhängt.

Sollten wir etwa Opfer eines Alptraums sein? Ich möchte es gerne glauben, wenn ich nicht durch den Dechiffrierbeamten wüßte, daß das Ministerium uns morgen mit dem Flugzeug Lebensmittel und Medikamente bringen läßt. In Europa kennen sie also die Situation, und Maugras hatte genauso wie seine Zeitung recht. Georgetown ist eingekesselt. Oder wird es sehr bald sein.

Es würde nichts bringen, in Angstzustände zu verfallen. Ich

ziehe mich an (wir arbeiten in Hemdsärmeln) für das Abendessen, das Siegfried Glaser bei dem Kulturattaché der britischen Botschaft, Louise FitzMaurice, gibt. Ich kenne Louise ein wenig; sie ist um die fünfzig und könnte noch schön sein, wenn sie sich Mühe gäbe. Doch als Witwe und Mutter von drei Kindern, von denen der Älteste schon im Foreign Office ist, frisiert sie sich scheußlich und zieht unmögliche Kleider mit Blümchen an; dazu trägt sie ausgetretene Sandalen. Doch das ist egal, denn sie wird von einer mitteilsamen Lebensfreude beflügelt, kennt Afrika sehr gut, hebt gerne einen und glänzt unzweifelhaft mit einer wahren Bildung. Meine Frau ist verrückt nach ihr.

Der erste, den ich in dem Salon antreffe, in dem Rattansessel und riesige Topfpflanzen stehen, ist Maugras. Dann kommen der zweite Sekretär, Nicholas Pipes, eine Bohnenstange mit einer grauen Mähne, der zweifellos der einzige auf dem Diplomatengelände ist, der fließend Shanti, Dioy und M'wa spricht, und der zum Bordeaux – Claret, wie man in seinem Land sagt – neigt; seine Frau, eine leidenschaftliche Orchideenliebhaberin; der junge Craig Mommersley, der ganz sicher der einzige schwarze Diplomat ist, der häufig zu den Partys auf dem Compound zugelassen wird, weil er schön und witzig ist; dann Felicia Cook, eine alte Exzentrikerin, die als Tochter eines anglikanischen Pastors hier geboren wurde, und wieder Margo de Brouckère.

Mommersley, der nach dem Vorbild der Europäer Sandalen trägt, entspannt die Atmosphäre.

»Verdammte Nonos!« ruft er aus. »Sie halten mich für einen Weißen!«

Pipes bricht in schallendes Gelächter aus, genauso Louise, alle lachen.

»Geht es Ihrer Frau besser?« frage ich Maugras.

»Ich nehme es an. Sie ist mit der Vier-Uhr-Maschine zusam-

men mit der Frau des Botschafters geflogen«, antwortet er und schenkt sich noch einen Whisky ein.
»Die Engländer trinken Claret und die Franzosen Whisky«, bemerkt Pipes, der sich zu uns gesellt.
»Das Glück ist immer auf der anderen Seite«, erwidert Maugras.
Erneut Gelächter von Pipes. In einer wenig diplomatischen Ungeordnetheit geht man zu Tisch, da ja alle Männer außer Glaser Diplomaten sind; die Herren haben »es sich bequem gemacht«, und man setzt sich hin, wo man will, Louises Mädchen bringt eine große Suppenterrine und einen Schöpflöffel, der aussieht wie aus einer Militärkantine.
»Die Suppe enthält frische Erbsen aus meinem Garten«, sagt Louise auf englisch.
»Louise, in drei Tagen werden wir alle bei Ihnen sein. Bleiben denn noch Erbsen in Ihrem Garten übrig?« fragt Maugras auf englisch mit einem ganz annehmbaren Akzent.
»Viele!« ruft Louise aus und füllt die großen geblümten Teller, die man ihr reicht. »Ich habe auch richtige Kartoffeln, Rüben und Spargel. Falls die Männer angeln wollen, dann werden wir ganz sicher nicht verhungern!«
»Und ich«, fügt Pipes auf französisch hinzu, »ich habe Hühner!«
Die Nachricht wird mit Hochrufen aufgenommen.
»Eier! Eier!«
»Pfeffer!« ruft Mommersley, nachdem er die Suppe probiert hat.
Wir lachen wieder und noch lauter, als Mommersley den Pfefferstreuer mit aller Kraft über seiner Suppe schüttelt und dabei murmelt, daß das ja weißer Pfeffer sei. Merkwürdigerweise reicht Mommersley, nachdem er ausgiebig gepfeffert hat, den Pfeffer an Margo weiter, die ihn nach kurzem Zögern annimmt und dann ebenfalls, mit gesenktem Blick, ihre Suppe würzt.

Die Geste ist Maugras nicht entgangen, dessen Gesicht sich unmerklich verzieht. Als der Pfefferstreuer von Hand zu Hand gegangen ist und an Maugras gereicht wird, hält er ihn mir ein wenig verkniffen hin und sagt: »Ich mag keinen Pfeffer.«

»Dabei ist er gesund«, bemerkt Mommersley, der den Kommentar gehört hat.

Maugras legt seinen Löffel hin und betrachtet Mommersley, der ihn spöttisch ansieht.

»*Claret everyone?*« ruft Louise.

Das folgende kurze Schweigen wird gefüllt mit einem Bericht Glasers über einen schrecklichen Andenflug in den sechziger Jahren.

Nach der Suppe werden zwei riesige gegrillte Goldbrassen auf einem Bett aus Ignamen aus dem Ofen und auf goldbraun gebratenen Zwiebeln serviert. Alle sind begeistert. Während ich mich mit Felicia Cook in ein Gespräch über Afrika vertiefe, bekomme ich französische Dialogfetzen mit.

»Du solltest morgen fliegen, falls es noch ein Flugzeug gibt«, sagt Maugras.

»Ich glaube, daß du dir zu große Sorgen machst«, erwidert Margo.

»Das sind nicht dieselben Affen, die du...«

»Ich bitte dich!«

Dieses Gespräch zwischen Maugras und Margo ist leise, fast abgewandt geführt worden. Ich bekomme das Ende von Felicia Cooks Rede nicht mit, die sich im übrigen für die gegrillten Ignamen begeistert.

Auch Louise hat etwas mitgehört; sie fährt in Englisch fort: »Maugras, Sie wollten Margo doch gerade raten, morgen heimzufahren, oder?«

»Die Lage ist ernst«, antwortet Maugras, »und diejenigen, die nicht unbedingt hier bleiben müssen, sollten weggehen, solange noch Zeit ist.«

Plötzlich kommt mir der Gedanke, daß Madame Maugras vielleicht wegen Margo de Brouckère gestern leidend war. Doch das ist ein sehr ungenügendes Erklärungselement; gibt es wirklich eine gefühlsmäßige Bindung zwischen Maugras und Margo? Und seit wann? Weiß Louise, die Margo seit langem zu kennen scheint, nichts davon?
»Ich für meinen Teil glaube«, sagt Mommersley, »daß wir uns keine unnötigen Sorgen machen sollten. Ich sehe nicht ein, warum das diplomatische Corps bedroht sein sollte. Georgetown wird im übrigen nicht bombardiert werden, die Aufständischen haben keine Flugzeuge. Außerdem sind alle afrikanischen Botschaften in Ihrer Nähe, und unsere Botschafter würden nicht die geringste Gewalt oder den geringsten Zwang zulassen.«
Maugras zieht ein Gesicht und vertieft sich miesepetrig in sein Essen. Siegfried Glasers Bericht über eine Landung im Kongo lenkt glücklicherweise alle ab. Das Essen endet mit Guaven- und Orangensalat. Louise sieht Maugras nachdenklich an, dann verkündet sie, daß der Kaffee im Salon serviert werde. Pipes macht den Fernseher an und findet dank der Parabolantenne im Garten einen internationalen Sender. Dembéké, eine Stadt im Norden am Rande der Deadman's Marshes, ist in die Hände der Shantis gefallen, und Porto-Amarillo, ein Küstenort ungefähr hundertfünfzig Kilometer von Georgetown entfernt, in die Hände der Dioys. Die Armee soll die Mangroven vermint haben, was Pipes ein sarkastisches Grunzen entlockt.
»Militärkommuniqué von morgen: Fünf Kormorane sind für die Verteidigung der Demokratie gefallen!« kreischt Felicia Cook.
Da die übrigen Nachrichten die Anwesenden nur mäßig interessieren, geht man zum eigentlichen Anlaß des Abends über, der in der Vorführung von Filmen besteht, die Glaser bei den

Nubas gedreht hat. Louise schaltet das Licht aus, die Gäste setzen sich im Halbkreis vor das Fernsehgerät, auf dem Glasers Kassetten gezeigt werden. Ein anderes Afrika erscheint, das offenbar von Konserven, Elektronik und Plastik verschont wurde. Dünne Körper, nur von metallischen Reflexen bekleidet, ironische und zurückhaltende Blicke, kurze Sätze, bei denen man ahnt, daß sie jeglicher Rhetorik entbehren, ohne daß man sie versteht. Meine Aufmerksamkeit wird einen Moment lang durch Maugras' diskreten Abgang abgelenkt; als ich mich wieder den Bildern zuwende, schminkt sich gerade ein schwarzer Apollo das Gesicht weiß und rot vor einem Spiegel, den ihm ein anderer reicht, dessen vollkommen nackter Körper schon von oben bis unten mit geometrischen Figuren bemalt ist. Die Szene ist von einer unangenehmen, ja sogar demütigenden Schönheit für mich Weißen. So viel körperliche Anmut! Ist Maugras deshalb gegangen? Oder weil er bei Margo verloren hat? Oder aber... Mommersley, der neben Margo sitzt, hat seinen Arm auf die Rückenlehne des Nachbarstuhls gelegt. Kein Zweifel, seine Hand liegt auf Margos Schulterblatt.
Zwei Kassetten werden vorgeführt, die Eiswürfel klirren in den Gläsern. Ein leichtes Unbehagen ist bei den Anwesenden zu bemerken, die Kommentare sind verstummt. Die Brüste der Frauen sind zu schön, die Penisse der Männer zu groß, die Beine, die Oberkörper und vor allem das Verhalten der beiden Geschlechter erreichen ein Stadium, das beleidigend wirkt. Selbst der schöne Mommersley wirkt nachdenklich. Alle sind erleichtert, als das Licht wieder angeht. Glaser wird von Felicia, Mrs. Pipes und Mommersley mit Beschlag belegt, Pipes hat Louise beiseite genommen, und Margo wandert lässig zur Terrasse. Ich folge ihr.
Nachtfalter, so groß wie eine Hand, streichen mit samtweichen Flügeln über unsere Gesichter und Arme. Wir lehnen

uns ans Geländer. Der Duft der Frangipani steigt in Wellen auf.
»Was für ein Himmel!« ruft Margo aus und hebt den Kopf. »Man könnte meinen, die Welt wird neu geboren!«
Ich habe schon oft die Reinheit dieses subtropischen Himmels in den fünf Monaten bemerkt, die ich nun in Georgetown bin, doch Margos Begeisterung ist ansteckend. Abgebrüht, wie ich zweifelsohne bin, habe ich sie nie genug zu schätzen gewußt. Ich stimme zu.
»Was ist das für ein Duft?«
»Von den Frangipanis.«
»Nein, öffnen Sie Ihre Nase. Blühende Mangobäume! Erkennen Sie den Duft nicht? Er ist viel berauschender, fast intim.«
Sie lacht und dreht sich mit einer gleichzeitig kindlichen und verführerischen Bewegung der Schultern um. Plötzlich läßt sie die strenge Hülle fallen, die sie an den Tag gelegt hat, und Lebensfreude und sinnliche Weiblichkeit sprudeln hervor. Ich weiß, daß sie um die vierzig ist; jetzt wirkt sie so, als sei sie nicht einmal dreißig.
»Sie riechen wirklich die Mangobäume nicht? Man sagt zwar, daß die Männer einen weniger entwickelten Geruchssinn haben als die Frauen, doch das glaube ich nicht. Ich glaube, daß die Männer sich die Nasen verstopfen.«
»Sich die Nase verstopfen?«
»Sie sind so mit ihrem kleinen Ego beschäftigt«, murmelt sie, ohne den Satz zu vollenden.
Ich denke an die Forschungen, über die sie in der deutschen Botschaft berichtet hat.
»Aber sie sind anders als die Affen«, sage ich. »Sie müßten viel öfter Inzest begehen.«
»Nein, im Gegenteil«, antwortet sie.
Sie gibt keine weiteren Erklärungen ab, wendet sich erneut der Nacht zu und neigt sich über das Geländer.

»Sie lieben dieses Land«, sage ich aus Angst, das Gespräch könnte beendet sein.
»Afrika, nicht nur dieses Land«, antwortet sie. »Hier ist das Göttliche überall präsent.« Sie trinkt einen Schluck von dem trüben weißen Getränk, das in ihrem Glas schimmert, Guavensaft mit Wodka. »Wenn ich im Dschungel spazierengehe, habe ich teil am Gesang der Vögel und an der Flucht der Schlangen, ich verstehe ihre Rufe, ihre Ängste, ich weiß, was die Affen sagen, und ich entdecke die Seele der Bäume. Wenn ich in den Mangroven umherspaziere, höre ich im Lärm der Wellen den Gesang der Mondfische.«
Dieser lyrische Ausbruch nimmt mir den Atem.
»Es gibt auch in Europa Vögel und Fische«, sage ich schüchtern.
»Ja, aber wir hören sie nicht mehr, oder aber ihre Stimmen sind zu schwach geworden. Oder aber der Lärm Europas ist zu laut. In Afrika muß ich mich nicht anstrengen, alles ist da, klingend und gewaltig, und mir ist bewußt, daß unter meiner Haut Blut fließt. Und außerdem brauche ich hier nicht all die Kleider, mit denen wir uns in Europa verhüllen, die die sozialen Zeichen vervielfachen und uns zu heuchlerischen Sprachsystemen zwingen.«
Sie lacht, mitgerissen von ihrer Heftigkeit, während ich mich bemühe, mir vorzustellen, wie wohl die Persönlichkeit aussehen könnte, in der so ein heidnischer Schwung wohnt. Heidnisch, ja, denn was Margo de Brouckère da eben beschrieben hat, ist ein Kult der Natur, den ich gemäß meiner klassischen Bildung mit dem Gott Pan gleichsetze.
»Sie sind also Animistin«, sage ich.
»Ja, ich glaube tatsächlich, daß Tiere und Pflanzen eine Seele haben. Das ist aufregender als unsere Gipsheiligen und unsere bleichen Engel und unser ständig wütender Generalgou-

verneur.« Sie lacht wieder, und ich stimme ein. »Sie haben es richtig verstanden, ich liebe Afrika!«
Ich weiß nicht, was mich fragen läßt: »Und die Afrikaner?«
Sie sieht mich mit ihren grauen Augen an, wirkt plötzlich auf der Hut. Zweifellos vermutet sie eine Boshaftigkeit.
Zweifellos auch wird sie nichts von ihren Gedanken verraten, denn sie antwortet ganz ohne Aggressivität:
»Und die Afrikaner. Sie gehören zu ihrem Land. Sie leben in natürlicher Schönheit und müssen sie deshalb nicht herstellen. Die hergestellte, nachgemachte Schönheit ist vulgär. Bei ihnen ist sie niemals vulgär, doch wenn sie zu uns kommen und uns nachmachen... Haben Sie manchmal Zeit, an die Schönheit zu denken?«
Die Frage trifft mich überraschend. Ich suche nach Ideen, mögen es auch nur Allgemeinplätze sein, aber mir fällt nichts ein.
»Ich glaube nicht, daß ich ein Ästhet bin«, antworte ich schließlich jämmerlich.
Sie lächelt fein.
»Ein Ästhet ist jemand, der den Kontakt zur Schönheit verloren hat und sie neu erschaffen will. Es ist gut, daß Sie kein Ästhet sind. Die anonymen Handwerker, die die griechischen Tempel und die Kathedralen gebaut haben, waren ebensowenig Ästheten wie die Nubas, die wir gerade gesehen haben. Sie trugen den Sinn für Schönheit in sich, so wie ihn die Afrikaner heute noch besitzen. Wir aber haben ihn verloren.«
Eine Uranie mit weißgeränderten Flügeln setzt sich auf ihre nackte Schulter. Sie wendet den Kopf, um sie zu betrachten, und lächelt.
»Wie erklären Sie, daß wir ihn verloren haben?« frage ich.
»Wir haben den Sinn für das Göttliche verloren. Unsere Häuser sind schrecklich, unsere Mode ist grotesk, und wir leben

wie Tiere. Die wahren Neger sind die Weißen«, schließt sie heftig.
Außer Fassung gebracht über die Wendung, die unser Gespräch genommen hat, lenke ich es auf weniger verfängliche und drängendere Themen.
»Ich verstehe, daß Sie Afrika lieben. Doch vielleicht wäre es angebracht, den unruhigen Tagen zu entgehen, denen wir entgegenzugehen scheinen. Sie können dann wieder zurückkommen, wenn alles wieder in Ordnung ist...«
»Sie reden wie Maugras«, antwortet sie und wendet sich mir mit einer lebhaften Bewegung halb zu.
Der Schmetterling fliegt davon.
»Verzeihen Sie mir, wenn ich Sie verärgert habe.«
»Es ist nicht so sehr meine Sicherheit als vielmehr die Eifersucht, die Maugras bewegt«, fährt sie fort.
Wären diese Worte noch erklärungsbedürftig gewesen, so werden sie klar, als Mommersley sich zu uns gesellt.
»Willst du einen Fruchtsaft?« fragt er auf englisch.
»Nein, ich habe keinen Durst. Wir können gehen«, sagt sie.
Wir gehen ins Haus zurück. Die Gäste verabschieden sich. Ich erbiete mich, Felicia Cook zu begleiten, deren Taschenlampe nicht funktioniert und die Angst hat, auf eine Viper zu treten.
»Die kleine Margo hat sich in Mommersley verknallt«, sagt sie und legt ihre Hand auf meinen Arm, während wir in eine ligustergesäumte Allee einbiegen. »Er ist im übrigen ein schöner und witziger Mann.«
»Warum hat Louise Maugras eingeladen?« frage ich.
»Vielleicht um ihm seine letzten Illusionen zu rauben«, erwidert Felicia und lacht leise. »Louise ist voller Abgründe. Sie und Margo haben einige Berührungspunkte.«
Wir sind unter einem riesigen Banyan-Baum angelangt. Ich zeige Felicia mit dem Strahl meiner Lampe die reptilienartigen Wurzeln. Sie bleibt stehen.

»Machen Sie aus«, sagt sie. »In Vollmondnächten versammeln sich die Seelen der Vorfahren unter den Banyan-Bäumen.« Meint sie das ernst? »Wir sind nur auf der Durchreise«, fährt sie fort. »Vielleicht kommen wir eines Tages unter diesen Banyan-Baum zurück, und dann werden uns leichtfertige Gespräche stören.«

Ich verberge meine Verblüffung. Als wir weitergehen, frage ich sie:

»Welche Berührungspunkte haben denn Margo und Louise?«

»Sie waren beide Freundinnen von Artémise Bloomer.«

Artémise Bloomer! Die lesbische Schriftstellerin, die eine vielbeachtete Arbeit über die Lage der Frau veröffentlicht hat: *Einer von zwei Menschen ist ein Sklave!* Fragen bilden sich in meinem Kopf, erreichen jedoch nicht meinen Mund. Erst einmal geht es mich nichts an, und dann bin ich nicht so vertraut mit Felicia, und schließlich fürchte ich aus irgendeinem Grund, zuviel zu erfahren. Ich verlasse Felicia an der Tür zu ihrem archaischen Bungalow; dort empfangen sie ihre schwarze Hausdame und ihre Katze.

Während ich nach Hause gehe, bemühe ich mich, den Duft der blühenden Mangobäume zu genießen. Ich sehe wieder den Schmetterling auf Margos Schulter, ich höre ihre Stimme, ich sehe Mommersley vor ihr auftauchen, das Hemd über der Brust gespannt, seine Hand mit den rosafarbenen Nägeln legt sich auf Margos Arm, und ich bin enttäuscht. Warum nur? Ich weiß es nicht. Sicher habe ich ein Glas Claret zuviel getrunken.

5

Der Vormittag ist von fieberhafter Aktivität erfüllt gewesen. Erstens weiß ganz Georgetown, daß der Botschafter der USA sich heute morgen zum Präsidentenpalast begeben hat, dem ehemaligen Sitz des britischen Gouverneurs, und daß er eineinhalb Stunden dort geblieben ist. Mein Botschafter hat mit den Chefs der drei Fluggesellschaften telefoniert, die Georgetown mit Europa verbinden, Air France, British Caledonian und Air Ivoire, um sie zu fragen, ob die Lage auch den Verkehr beeinträchtige; man hat ihm geantwortet, daß der Verkehr gesichert sei, insofern als die Sicherheit der Passagiere garantiert sei, daß aber gestern Berichte aus dem Süden und Norden angegeben hätten, die Aufständischen verfügten über 55-mm-Mörser, die den Rollbahnen Schaden zufügen könnten. Im übrigen ist der nationale Postverkehr mit Lamalo, der sonst von einer DC6 gewährleistet wird, unterbrochen, da die Maschine von Kugeln getroffen wurde, als sie die Region von Dembéké überflog. Unser Militärattaché schätzt, daß die Shantis die Vororte von Georgetown in allerhöchstens drei Tagen erreicht haben werden. Der Botschafter hat die Motoren des Ausflugsseglers nachsehen lassen, der an der Marina des Clubs vor Anker liegt; das Boot wurde in den dreißiger Jahren gebaut und vor zwanzig Jahren gekauft, um kleine Kreuzfahrten die Küste entlang zu veranstalten. »Im schlimmsten Fall«, hat der Botschafter gesagt, »kann man immer noch über das Meer fliehen. Die Grenze ist nur zweihundert Kilometer entfernt, und wir können im Zwei-

felsfall per Funk die Küstenwache der Nachbarstaaten alarmieren.«
In der Stadt bekommt man kein Mineralwasser mehr. Das Schwimmbecken der Botschaften ist gereinigt und mit einer Plane zugedeckt worden, damit keine Frösche und Kröten mehr darin herumschwimmen können. Carlo, der Majordomus, hat den letzten Sack Reis gekauft, der in der Stadt noch aufzutreiben war. Man weiß, daß die Botschaft der USA, nach dem Vorbild der Großbritanniens und Frankreichs, mit den nächsten Flugzeugen dringend auf Vorräte wartet. Sie werden sie sicher mit den anderen Botschaften teilen, die auch knapp dran sind. Die Botschaften Afrikas haben Air Ivoire beauftragt, die einzige Gesellschaft, die weiterhin täglich und sogar zweimal täglich fliegt. Der offizielle Grund für diese Maßnahmen ist, daß die Straße nach Süden abgeschnitten ist, seit die Guerilleros von Boniface Barrington Okoutra besetzen, und daß diese Straße die Ader ist, über die Georgetown mit Agrarerzeugnissen versorgt wird (aus den Deadman's Marshes bekamen wir nur getrockneten Fisch). Der wahre Grund ist die Psychose, die sich der Stadt und auch der Botschaften bemächtigt hat: Die Landwirtschaftsbetriebe der Vororte produzieren noch genügend Hühner, Tomaten und anderes Gemüse, um den Notstand zu vermeiden. Es wird uns zweifellos an Lamm, Reis, Maniok mangeln, doch schließlich wird man daran nicht sterben, zumindest nicht sofort. Die Fischer von Georgetown machen ausgezeichnete Geschäfte, und im Clubrestaurant hat mir Mario zum Mittagessen eine wunderbare gegrillte Languste serviert.
Der Militärattaché, der seit gestern Strohwitwer ist, da auch er seine Frau und seinen Sohn nach Europa geschickt hat, hat mir diese Psychose erklärt, die mich erstaunt. Die beiden Rebellenführer, Akouli und Barrington, haben etwas gegen die Amerikaner, die Wilkins schützen. Es besteht also durchaus

Grund anzunehmen, daß, wenn sie Georgetown erreicht haben, Wilkins sich in die Botschaft der USA flüchtet und sie diese Botschaft belagern werden, bis man ihnen Wilkins ausliefert. Da die Botschaft in der Mitte des Geländes liegt und es so etwas wie diplomatische Solidarität gibt, werden sie ganz Freedom Cape belagern. Auf jeden Fall halten Shantis und Dioys alle Westler für Komplizen der Amerikaner und werden sie also nicht besser als diese behandeln.
»Die Amerikaner haben die Shantis noch in ihrer Antipathie bestärkt«, sagt unser Militärattaché, »als sie ihren Militärattaché losgeschickt haben, der versuchen sollte, mit Pépé Akouli, dem Führer der Shantis, zu verhandeln, um Wilkins' Haut zu retten. Die Amerikaner haben die Abneigung der Shantis und der Dioys gegenüber Wilkins noch nicht begriffen, sie kennen Afrikas Stammesstrukturen nicht. Sie haben Wilkins ihre Protektion gewährt, weil er in Harvard studiert hat und weil sie ihn für einen der ihren halten. Damit haben sie völlig außer acht gelassen, daß er zu einem Minderheitenstamm gehört, den M'was, genauso wie sie die Augen vor den Ungerechtigkeiten Wilkins' und den Morden verschlossen haben, die seine Präsidentengarde an den Shantis und Dioys verübt hat.«
»Und?« frage ich ein wenig deprimiert.
»Nun, das ist der Endkampf zwischen den Amerikanern und den Aufständischen, und wir sind dabei die Geiseln«, antwortet der Militärattaché und ißt seinen gegrillten Fisch auf, eine herrliche Goldbrasse.
Der Militärattaché, Marc Eysterck, ist um die vierzig und neigt wenig zu Gefühlsausbrüchen.
»Sie nehmen das Schlimmste an«, sage ich.
»Wir können nicht einmal auf ein militärisches Eingreifen hoffen, um uns zu befreien. Es wäre ein allgemeines Massaker.«
»Sie werden doch wohl nicht auf Diplomaten schießen.«

Eysterck betrachtet mich mitleidig, trinkt einen Schluck Bier, wischt sich den Mund ab und antwortet ziemlich brutal: »Auch Sie kennen Afrika nicht. Unsere kleinen Abmachungen über diplomatische Immunität und unsere Händel, damit haben sie nichts am Hut. Für sie sind wir Dummköpfe ohne Ehre, die nur ihr Geld und ihre Waffen besitzen.«
»Dummköpfe?« frage ich erstaunt.
»Wer Wilkins unterstützt hat, muß ein Dummkopf sein. Wer die Augen vor seinem Machtmißbrauch verschloß, muß ehrlos sein.«
»Ist das Ihre Ansicht?«
»Das ist meine Ansicht.«
Ich falle sehr tief.
»Sind für Sie dann alle Weißen Dummköpfe ohne Ehre?« frage ich und denke flüchtig an Margo.
»Als Staaten ja. Wir sind auf diesen Kontinent gekommen und haben zuerst von Gott gesprochen, dann von Demokratie, Gerechtigkeit, Menschenrechten, was weiß ich. Und wir haben diesen Kontinent geplündert, haben seine Kultur zerstört, haben seine Bewohner über den Atlantik in die Sklaverei geschickt, wir haben Parodien von Staaten nach westlicher Art unterhalten, wir protegieren hier oder da oder anderswo Gestalten wie Wilkins, und Sie wollen sagen, daß wir weder Lumpen noch Dummköpfe sind?«
»Sie machen hier dem Kolonialismus den Prozeß, doch der ist schon gemacht«, wende ich ein wenig von oben herab ein.
»Nicht dem Kolonialismus, mein Lieber«, sagt Eysterck und neigt sich zu mir, um mir in die Augen zu sehen, »nicht dem Kolonialismus, nein, der Infamie!«
Ist Eysterck betrunken?
»Sie wollen mir doch wohl jetzt nicht sagen, daß die Afrikaner den Weißen überlegen sind?«

Spott von seiten des Militärattachés.
»Nein, aber wir sind gekommen und haben versichert, daß wir überlegen sind. Wir hatten Jesus Christus, Mozart, Kant, wir hatten Winchesters und Hotchkiss-Maschinengewehre, wir haben sie mit Kreuz und Bischofsstab gesegnet, und wir haben Dienstboten aus ihnen gemacht. Das ist wirklich ein Beweis für Überlegenheit, nicht wahr?«
Eysterck und Margo sind wirklich ein perfektes Paar. Man sollte sie ausstopfen und links und rechts von einem Kamin aufstellen. Ich werde ungeduldig.
»Wenn es die Weißen nicht gäbe und das, was Sie ein Zerrbild der Demokratie nennen, wäre dieses Land wie der Rest Afrikas eine Beute endloser Stammeskriege. Erinnern Sie sich an das Massaker der Ibos?«
»Das war weniger schlimm als der Krieg von neunzehnhundertvierzehn«, erwidert Eysterck. »Und der letzte Krieg, sagt Ihnen das was?«
Er bittet um die Rechnung, zeichnet sie ab und sagt zu mir, während er aufsteht:
»Verzeihen Sie mir meine Heftigkeit. Diese Situation und unsere Hilflosigkeit zerren an meinen Nerven.«
»Mir hat unser Gespräch gefallen, mein Kommandant«, sage ich.
Ich gehe mit Konzelmann Tennis spielen. Wir schwitzen uns beide das Wasser aus dem Leib. Doch weder die kalte Dusche nach dem Spiel noch die Züge, die regelmäßig im Schwimmbad zu machen ich mich zwinge, können mir meine Gelassenheit zurückgeben. Diese kritische Situation, die sich seit drei Tagen abzeichnet, ist viel zu rasch eingetreten, als daß ich in meinem Inneren eine Verteidigung hätte aufbauen können. Nicht, daß ich um mein Leben fürchte, ich glaube wirklich nicht, daß die Aufständischen das Risiko auf sich nähmen, Diplomaten zu töten. Doch ich fürchte die Spannung, die durch

den unmittelbar bevorstehenden Belagerungszustand unvermeidlich auftreten wird. Außerdem bringt mich das Verhalten von Eysterck und von Margo auf eine Weise aus der Fassung, die ich mir nicht erklären kann. Und diese Hilflosigkeit verstärkt meine Erregung auch noch.
Der Nachmittag ist zum Davonlaufen. Er geht damit dahin, Fernschreiben für das Außenministerium vorzubereiten, die der Botschafter immer wieder verändert. Der Chiffrierspezialist erträgt dies alles mit einem geduldigen Lächeln.
»Nervt Sie das denn nicht?« frage ich ihn.
Léon Zaniek, ein junger Mann mit blauen, ruhigen Augen, der aussieht, als habe er keine Augenbrauen, so blond sind diese, antwortet:
»Monsieur, meine Großmutter hat immer gesagt, daß zehn Minuten Entnervung eine Suppe sind, die man umsonst verschüttet hat.«
Habe ich den Verstand verloren? Ich frage ihn:
»Besitzen Sie eine innere Zuflucht, Zaniek? Haben Sie ein Bild von der Schönheit?«
Zaniek errötet bis zu den Haarwurzeln, was mich das Ausmaß meiner Indiskretion ermessen läßt.
»Ja, Monsieur«, antwortet er, ohne mir jedoch zu sagen, was für ein Bild.
Um sechs Uhr werden wir von Wilkins' Außenminister informiert, daß der Präsident »heute abend im Fernsehen eingreifen wird«. »Eingreifen wird«! Ich laufe nach Hause, um mich wieder umzuziehen, diesmal für den Cocktailempfang in der italienischen Botschaft. Um fünf vor sieben sitzen alle Gäste vor dem Fernseher, völlig ungezwungen, oder zumindest tun alle so, als ob. Der Sprecher kündigt gespreizt an, daß der Herr Präsident sich an die Nation wenden werde. Wilkins erscheint etwas mitgenommen vor dem ewigen künstlichen Bibliothekshintergrund des gebildeten Bürgers, den alle Präsi-

denten der Erde, so scheint es, benutzen, um ihr Wissen darzustellen. Er spielt den Vater der »Nation«, ist gerührt und verletzt. Aufrührer, sagt er zusammengefaßt, hätten sich in den Kopf gesetzt, die Macht zu ergreifen. Sollte es ihnen gelingen, behauptet er, würde das Land im Bürgerkrieg enden. Ewiger Sermon derjenigen, die an der Macht sind und sich alle als von der Vorsehung bestimmte Hüter von Ordnung und Wohlstand ansehen. Das Herz sinkt mir. Appell an die »lebendigen und mutigen Kräfte« des Landes, sich dem Aufstand entgegenzustellen und ihn zum Scheitern zu bringen. Einleitende Warnung: Sollte die Stabilität des Landes in Gefahr sein, würden die Hilfsprogramme der westlichen Länder eingestellt. Das Land würde einen großen Schritt rückwärts machen. Drohungen mit Hungersnöten, mit dem allgemeinen Absinken des Lebensstandards, Bruch der Bündnisse in der Region usw.
Als die Rede vorbei ist, faßt der erste Botschaftssekretär die Lage zusammen und entspannt gleichzeitig die Atmosphäre, indem er ruft:
»Da haben wir den Salat! Er hat uns alle hineingeritten!«
Von neuem ertönen Gespräche, Gruppen bilden sich und gehen auseinander, Eindrücke und flüchtige Ansichten werden ausgetauscht, Bedienstete bringen Tabletts mit Krabbenbeignets, kleinen heißen Würstchen und Canapés mit eingemachten Papayas, der italienische Botschafter beruhigt eine Grundschullehrerin von der christlichen Mission in Georgetown: Aber nein, die Rebellen sind nicht so verrückt, sich am diplomatischen Korps zu vergreifen, der Vizeaußenminister des Landes, eingezwängt in einen gestärkten Kragen und eine Weste, die so aussieht, als sei sie es auch, tönt, man könne keine Aufständischen ernst nehmen, die nicht wissen, was sie wollen.
Die Hartnäckigkeit dieser Leute, das Offensichtliche nicht zur

Kenntnis nehmen zu wollen oder, schlimmer noch, weiter mit der Lüge zu leben, versetzt mich in wütende Bestürzung, auch wenn ich als erster einsehe, daß diese unbedacht ist. Was will ich denn nur? Daß sie jammern? Daß alle zum Flughafen eilen? Sie machen gute Miene zum bösen Spiel; vielleicht ist das eine Form von Mut. Ich höre kaum zu, was mir Konzelmann über das erzählt, was er das afrikanische Dilemma nennt; dieses hat mit der Schwierigkeit zu tun, Leute ein Staatsbewußtsein entwickeln zu lassen, die in ihrem Stammesdenken verharren. Ich halte mich zurück, um nicht einzuwenden, daß Staatsbewußtsein Europa zweimal hat ausbluten lassen. Das Problem liegt anderswo, und merkwürdigerweise kann ich zum erstenmal die Sehnsucht von Maugras und Margo nachempfinden. So gegensätzlich die beiden sein mögen, sie bemühen sich beide, der Wirklichkeit gegenüberzutreten, er der äußeren, sie der inneren.
Doch die Atmosphäre ist mir unerträglich geworden, und mit Erleichterung sehe ich, wie mein Botschafter sich von seinem italienischen Kollegen verabschiedet. Ich gehe. Der Duft des wilden Jasminstrauchs – oder vielleicht ist es auch der des Ligusters – empfängt mich, als ich das Häuschen des Wachhabenden erreiche. Dumm wie ich bin, schreibe ich ihm eine Seele zu, die einer erotischen Gottheit, die nachts dem Reisenden auflauert, der sich verirrt hat, um ihm den Verstand zu rauben. Auf dem noch weichen Asphalt, den die Laternen glitzern lassen, liegt eine Uranie, ihr Flügel ist halb verschlungen, vielleicht von einer Fledermaus; doch ich habe tatsächlich auch schon Katzen davon fressen sehen. Ich beobachte sie halb gebeugt, dann wird mir klar, daß dieses Interesse an einem Schmetterling die Wache beunruhigt. Es ist nicht sehr warm, doch ich bin durchnäßt. Ich gehe die Allee entlang, um mich umzuziehen, und mache einen Umweg durch die Bougainvilleabüsche und den Rhododendron, die halb wild,

dicht und tief wurzelnd, auf dem Rasen wachsen. Eine Katze streicht an meinen Beinen vorbei, und ich zucke zusammen. Als ich auf unserem Botschaftsgelände ankomme, gehe ich an Zanieks Haus vorbei. Ein hohes Lachen, das Lachen einer Frau, läßt mich erstarren. Es kommt aus Zanieks Haus. Nun, dieser ist Junggeselle. Wieder ein Lachen, doch diesmal gedämpfter, als habe Zaniek das erste getadelt. Gedämpftes Licht dringt gefiltert durch die halbgeöffneten Fensterläden. Ohne nachzudenken, nähere ich mich auf Zehenspitzen. Ich schaue ins Schlafzimmer. Zaniek ist nackt und in Gesellschaft einer jungen Eingeborenen, die mir sehr hübsch vorkommt. Sie lieben sich voller Hingabe. Ein Bedauern erfaßt mich: Habe ich je so geliebt? Früher, ja, früher. Doch nicht bei meiner Frau, nein, nicht mit Marie-Louise, seit langem nicht.
Nachdenklich entferne ich mich. Sinnlos, nach Hause zu gehen, um mich umzuziehen, die Brise, die aufgekommen ist, hat mein Hemd getrocknet. Ich gehe ins Restaurant, auf die Bar zu und kehre dann um; noch ein Glas, und ich würde krank. Besser ist es, ein leichtes Mahl zu mir zu nehmen und dann kurz im lauen Meer zu schwimmen, bevor ich ins Bett gehe. Ein Tisch auf der Terrasse ist frei, ich setze mich, und kaum sitze ich, ruft mir eine leise Stimme fast verschwörerisch zu: »Wollen Sie unbedingt allein essen?«
Es ist Glaser, dessen Blick hinter den Bullaugen seiner Brillengläser nicht zu deuten ist. Was für ein seltsamer Kauz. Will ich mit ihm essen? Doch ich schulde ihm eine Einladung. Ich setze eine höfliche Miene auf, lächle, stehe auf und gehe an seinen Tisch. Er zieht die Lehne eines Korbstuhls zu seiner Rechten heran.
»Setzen Sie sich doch.«
»Ich gehorche«, sage ich, ein wenig aus der Fassung durch den vertraulichen Ton der Einladung. »Sind Sie allein?« frage ich dann dämlicherweise.

Er deutet ein Lächeln an.
»Und Sie, erwarten Sie noch jemand?« Er drückt die Zigarette aus, die sich im Aschenbecher von allein ausgeraucht hat.
»Louise ist zur Hochzeit der Tochter ihres Mädchens ins Dorf gefahren.«
»Ins Dorf an so einem Tag?«
»Die Shantis werden frühstens morgen da sein. Und Sie kennen ja Louise.« Er betrachtet mich. »Sie sehen aus wie jemand, den man verhext hat.«
Der Ober kommt; wir bestellen zweimal Bohnensalat und gegrillten Fisch. Die Weinkarte ist dünn geworden, der Nachschub funktioniert nicht mehr; außer einigen teuren Bordeaux gibt es nur noch Chianti und Liebfrauenmilch. Wir entscheiden uns für ersteren.
»Man hat Sie also verhext«, fährt Glaser fort.
Ich lache.
»Wirklich? Wer und warum?«
»Die Verhexungen kommen vom Teufel, natürlich, und der Teufel kann nur kommen, wenn man ihn auffordert.«
»Kurz und gut, ich habe mich also selber verhext«, sage ich belustigt.
»Genau. Sie waren verwundbar, weil Sie nicht im Frieden mit sich selber lebten, zweifellos weil Sie falsche Gedanken dachten.«
»Noch mal kurzum, ich bin ein Heuchler, den Schuldgefühle gepackt haben.«
Glaser lächelt.
»Ihre Schlußfolgerungen sind von lobenswerter Präzision.« Er gießt mir Chianti ein und bedient sich dann selber. »Auf jeden Fall sind Sie sehr diplomatisch, und Sie werden, wenn Ihre Stunde gekommen ist, gestehen, daß Diplomaten berufsmäßige Lügner sind.«

»Ach, ja?« sage ich überrascht und bereit, mich verletzt zu fühlen.
»Sie sind die Sprecher der Staatsräson, die unfehlbar immer ein Konglomerat aus politischen, militärischen, ökonomischen und handelspolitischen Interessen darstellt, deren Söldner sie sind, von denen sie jedoch selten selber überzeugt sind.«
»Ich weiß nicht, ob ich Ihnen für Ihre Offenheit dankbar sein soll oder ob ich mich über Ihre wenig schmeichelhaften Ansichten beschweren soll«, sage ich und beginne mit dem Bohnensalat.
Glaser geht mir plötzlich auf die Nerven, doch ich bin neugierig darauf, das Ende seiner Rede zu hören.
»Die Umstände erfordern Offenheit, und wenn Sie so intelligent sind, wie Sie wirken, werden Sie mir danken«, antwortet Glaser. »Meine Meinung von den Diplomaten erstreckt sich im übrigen auf alle festen Gemeinschaften, Generäle, Minister, Priester und andere Akademiker. Das sind Leute, die auf ihre Individualität verzichtet haben. Man weiß von Königen und Präsidenten, daß, wenn ein Mensch beginnt, störend zu werden, weil er die unangenehme Eigenschaft angenommen hat, die Wahrheit zu sagen, man ihn töten oder zum Minister oder Mitglied der Akademie ernennen muß.« Er ißt seine Bohnen und schenkt neuen Wein ein. »Ich wollte Ihnen nur nützlich sein«, fährt er fort.
»Ich danke Ihnen«, sage ich gepreßt.
»Offenbar nicht«, antwortet er lachend. »Sie sind verärgert, nicht wahr?«
»Nein.«
»Sie waren es schon vor meinen Ausführungen, habe ich recht?«
»Auch nicht.« Ich lege meine Gabel hin. »Seit einigen Tagen merke ich, daß manche Leute sich verwirrend aufführen.«

»Wirklich? Wie das?«
»Sie… sie verzichten auf ihre Würde.«
Glaser wischt sich den Mund ab, richtet seine hellen Augen auf mich und hebt mit seinem behaarten Unterarm das Glas, ohne den Blick von mir zu wenden.
»Sollten Sie zufällig auf Margo de Brouckère und Craig Mommersley anspielen?« fragt er.
Der Ober nimmt die Teller weg. Ich brauche einen Augenblick, bevor ich antworte.
»Nicht nur sie.«
»Haben Sie bemerkt, daß andere Weiße vom Compound mit schwarzen Frauen schlafen?«
Ich antworte nicht. Ich bestreiche einen Zwieback mit Butter.
»Zweifellos Mitglieder des diplomatischen Corps, da Sie auf ihre ›Würde‹ angespielt haben, was Bände spricht. Zweifellos Leute aus Ihrer eigenen Botschaft.«
Ich betrachte Glaser, ohne zu antworten.
»Doch ich nehme an, daß Sie in den sechs Monaten, die Sie hier auf Posten sind, mitbekommen haben, daß Ihre Kollegen sich gelegentlich in der Independence Road vergnügen, oder?«
»Ja, aber ich… wie soll ich sagen…«
»Es war abstrakt für Sie. Sie haben also die direkte, visuelle Enthüllung des Vergnügens gebraucht, das die Weißen daran finden, mit Schwarzen zu schlafen. Und Sie wissen es erst seit kurzem, oder?«
Das Bild von Zaniek, der mit den Beinen zappelt und an den Brüsten der jungen Schwarzen saugt, tritt mir wieder mit unerträglicher Macht vor Augen. Ich atme tief durch.
»Ja«, sage ich in einem Atemzug.
»Nun, höchstwahrscheinlich ein Mitglied Ihrer Botschaft. Wie alt sind Sie?«

»Ich sehe da keinen Zusammenhang. Dreißig. Warum?«
Der Ober bringt die Goldbrasse. Herrlich. Dann bereitet er sie auf einem in der Nähe stehenden Beistelltischchen zu.
»Das Alter«, sagt Glaser, »ist ein anderes Land.« Er bestreicht einen Zwieback mit Butter und streut Pfeffer darüber. »Man wird nicht älter, sondern man wird teilweise härter, teilweise verfault man. Wissen Sie, wer das gesagt hat? Die Heilige Therese von Avila.«
»Sie lesen die Heilige Therese von Avila?«
»Ich war Priester. Hat Louise Ihnen das nicht gesagt?«
»Nein.«
»Ich war Missionar im Kongo. Nach einem Jahr fand ich es absurd, die Afrikaner mit jüdischen Geschichten vollzustopfen. Die Illustrationen des Katechismus, den man an die schwarzen Kinder der Mission Saint-François-Xavier verteilte, deren Leiter ich war, kamen mir so grausam blöd vor. Dieser weiße, bärtige Gott im Nachthemd, der mit einem Dreieck auf dem Kopf in den Wolken schwebte! Diese Leute sind von Natur aus religiös, und die katholische Lehre, die wir ihnen aufoktroyierten, konnte nur den einfachen Glauben korrumpieren, kaputtmachen, möchte ich sagen, der von einer Generation an die nächste weitergegeben wurde.«
»Wie haben Sie diese Lehre aufoktroyiert?« frage ich ein wenig verlegen. »Sie haben sie doch nicht geschlagen?«
»O nein, es war viel subtiler. Wir ließen mitschwingen, daß das Christentum Hand in Hand mit politischer Macht gehe, mit der Bildung, die Zugang zu unserem Wissen, zur Technik ermöglicht, und daß das Heidentum dagegen Hand in Hand mit Rückständigkeit gehe. Mit den örtlichen Behörden hatten wir ein sehr wirksames Belohnungssystem installiert. Die besten Schüler, diejenigen natürlich, die sich hatten taufen lassen und die sich gemäß dem christlichen Glauben verhielten, bekamen Stipendien und Stellen in der Verwaltung. Ich fand

das unerträglich. Da es keine Möglichkeit gab, etwas daran zu ändern, habe ich mein Amt aufgegeben.«
Aus den Augenwinkeln sehe ich Margo und Mommersley, die sich ein paar Tische entfernt hinsetzen. Bilder von Zaniek fallen mir wieder ein.
»Aber der Glaube«, sage ich, »Sie hatten doch immerhin eine Berufung? Sie haben doch nicht gleichzeitig die Weihen und das Christentum hinter sich gelassen, weil man dieses den kleinen Schwarzen aufdrückte?«
»Es gibt auch Berufungen auf dem Papier. Meine gehörte dazu. Eines Abends kam ein achtzehnjähriger Schwarzer zu mir und bat mich um Asyl, weil seine Hütte abgebrannt war. Ich habe ihm ein notdürftiges Bett gebaut in dem Zimmer, das neben meinem lag. Danach ist er in mein Bett gekommen. Er war sehr schön.«
Ich sehe plötzlich zu Glaser hoch. Zweifellos war die Bewegung ein wenig abrupt, denn er reagiert genauso. Ich betrachte ihn, als würde ich ihn zum ersten Mal sehen. Das Gesicht eines Sechzigjährigen mit langen Falten, dessen starke und gebogene Nase die Feinheit kompensiert, Strähnen, die einmal blond waren und sich ein Spiel daraus zu machen scheinen, an Flügel zu erinnern, ein Allgemeineindruck, der von bäuerlicher Kraft geprägt ist, und ein ironischer Blick. Ich weiß sehr wohl, daß man heutzutage Homosexuelle weniger leicht erkennt als früher, doch ich hätte mir wirklich nie vorstellen können, daß Glaser »zum anderen Ufer« gehört, wie man so sagt.
»Sie sind überrascht?« fragt er.
»Tatsächlich, ich... Verzeihen Sie, ich habe überhaupt keine Erfahrung in diesen Dingen.«
Eine Antwort, deren Albernheit in den Ohren dröhnt. Meine Erfahrung ist hier wohl von keinerlei Bedeutung. Glaser lächelt. Vielleicht liegt in seinem Gesichtsausdruck eine Spur

von Mitleid. Der Ober räumt die Teller ab. Wir bestellen als Dessert Mangos.
»Die Menschen im Westen«, fährt Glaser fort, »betrachten seit dem heiligen Paulus Sexualität als eine unheilvolle Angelegenheit, die man zügeln muß, da sie von Gott ablenkt. Das ist eine der perversesten Auffassungen in der Geschichte der Menschheit.«
»Warum reden Sie von Sexualität?« frage ich unüberlegt.
»Weil sie offensichtlich der Grund Ihrer Unzufriedenheit ist.«
Ich schneide die Mango in zwei Hälften, der Länge nach, wie man es mir beigebracht hat, ich schäle den Kern mit der Messerspitze heraus und hole mit dem Löffel das Fruchtfleisch heraus.
»Es ist nicht so sehr die Sexualität wie der Bruch der Konventionen«, sage ich.
Glaser bricht in Gelächter aus. Sein klangvolles Lachen tönt auf beleidigende Weise durch das Restaurant.
»Hören Sie«, sage ich außer mir, »mir ist völlig egal, was die Leute in ihrem Privatleben tun. Doch zufällig haben die Personen, an die ich denke, hier einen Rang zu verkörpern, und das tun sie nicht, das ist alles.«
»Margo stellt gar nichts dar«, bemerkt Glaser ganz ruhig. »Sie schläft mit Mommersley, weil er schön ist, er gut in der Liebe ist und sie der Sexualität eine besondere Bedeutung beimißt. Außerdem«, fährt Glaser fort, nachdem er ein Glas Weißwein bestellt hat, »ist seine Gesellschaft sicher aufregender als die von Maugras, um ehrlich zu sein.«
»Oder aber Mommersley ist besser ausgestattet«, sage ich und bedaure es fast sofort.
»Ein schöner Schwanz gehört zur Schönheit dazu«, antwortet Glaser und sieht mich an. »Ihre Überlegungen sind enttäuschend. Sie wären einem späten Mädchen angemessen. Sie werden mir doch nicht sagen wollen, daß Sie nicht die Brüste

der Eingeborenen bewundert haben, und bei derselben Gelegenheit auch ihren Hintern? Die sexuellen Vorzüge von Mommersley interessieren die Frauen genauso, wie die Brüste der Schwarzen die Männer interessieren.« Er bittet um Kaffee. »Um ganz deutlich zu werden, Ihre Heuchelei macht einen krank.«
Die Empörung läßt mich aufschreien. Ich entschuldige mich und verlasse den Tisch. Ganz aufgeregt trinke ich meinen Kaffee an der Bar; ich finde dort unseren Berater für afrikanische Angelegenheiten, der mich an seinen Tisch bittet. Er hebt meine Stimmung wieder.
»Die Leute reißen sich nicht mehr zusammen«, sage ich.
»Wirklich?« fragt der Berater nachlässig.
»Wußten Sie, daß Zaniek kleine Negerinnen mit nach Hause nimmt?«
»Na und?«
»Schockiert Sie das nicht?« frage ich verblüfft.
»Überhaupt nicht. Warum, schockiert es Sie?«
»Der Chiffrierspezialist nimmt schwarze Mädchen mit nach Hause, und Sie finden das nicht riskant? Weiß der Botschafter das? Und das Risiko, erpreßt zu werden?«
Der Berater fängt an zu lachen.
»Berichten Sie bloß nicht dem Botschafter, daß Zaniek kleinen Schwarzen nachläuft, denn er weiß es schon, und Sie würden lächerlich dastehen. Was das Risiko einer Erpressung angeht, so ist Zaniek kein Dummkopf und wird einer kleinen Shanti sicher nicht den Code liefern. Nehmen Sie doch einen Cognac.« Er bestellt Cognac, ohne meine Reaktion abzuwarten. »Jedenfalls«, fährt er fort, »haben wir wirklich im Moment andere Sorgen. Die Amerikaner wollen Wilkins nicht fallenlassen, und die Shantis, die morgen abend dasein werden, lassen nicht locker: Sie wollen Wilkins' Haut.«

»Wir können immer noch unsere Solidarität mit den Vereinigten Staaten aufkündigen.«
»Dann werden die Shantis Druck auf uns ausüben, damit wir wiederum Druck auf die Amerikaner ausüben.«
Völlig geschlagen schlürfe ich abwechselnd meinen Kaffee und meinen Cognac. Ich habe mich heute abend ununterbrochen wie ein Dummkopf benommen. Ein Anfall von Prüderie hat mich dazu gebracht, mich mit Glaser zu zerstreiten, und mich in den Augen von Berater Wacheux lächerlich gemacht. Ärger auf meine Frau Marie-Louise beschleicht mich, die mich zu gut vor der äußeren Welt beschützt und mich in einen Kokon ehelicher Harmonie, moralisierend und rassistisch, eingesponnen hat, in dem sie sich wohl fühlte. Ihr Gepiepse vom bürgerlichen Glück, ihre Prüderie, ihre deutlichen christlichen Überzeugungen und ihre Verachtung all dessen, was nicht zu ihrem Clan gehört oder ihm nicht sozial überlegen ist, treten mir glasklar vor Augen. Sie hat mich auf einen Abgrund zugezogen. Sie hat mich betäubt, und nun wache ich auf. Doch was finde ich vor? Realitäten, die ich nicht verstehe oder, schlimmer noch, die ich nur halb verstehe. Leute, die von Gott sprechen, von ihrem sexuellen Verkehr mit Schwarzen wie von einer anderen Lebensform...
»Sexueller Verkehr!« Hör zu, Opa! Sie bumsen, lieber Himmel, was das Zeug hält! Mit Schwarzen! Und sie sind noch stolz darauf! Und die Bilder, die ich durch Zanieks Fensterläden gesehen habe, erstehen wieder vor meinen Augen.
Berater Wacheux beobachtet mich.
»Sie wollten wohl nicht hierher versetzt werden, oder?«
»Nein. Warum?«
»Ich habe es mir gedacht. Im übrigen hatte ich mich Ihrer Ernennung widersetzt.«
»Ach ja?«

Ich wäre heute abend besser zu Hause geblieben.
»Für Afrika braucht man junge Leute oder alte Kämpen. Es ist ein Kontinent, der einen zerfrißt. Die Alten widerstehen, weil sie nichts mehr überrascht und ihr Leben schon gelaufen ist. Die Jungen amüsieren sich, weil es für sie ein Platz für Abenteuer ist. Zwischen beiden Stadien sieht man sich gezwungen, das zu revidieren, was man über die menschliche Natur zu wissen glaubte. Persönlichkeitsbrüche sind mit vierzig Jahren viel schlimmer als mit dreißig. Danach sind sie nicht mehr möglich. Mit fünfzig oder sechzig ist man zu allem bereit.«
Man hätte glauben können, daß Glaser und er sich abgesprochen haben.
»Man wird nicht alt...« Doch das war die heilige Therese von Avila.
»Sind Sie hier zufrieden?« fragt Wacheux.
»Es geht«, sage ich und betrachte ihn aus den Augenwinkeln.
»Ich hoffe, daß Ihre Frau nicht so bald zurückkommt.«
In diesem Moment kommt die Telefonistin des Clubs und teilt mit, daß man mich am Telefon verlangt. »Ihre Frau...«, sagt sie und folgt mir zur Kabine. Marie-Louises Stimme dringt stammelnd durch das Knacken und Knistern einer Verbindung über zwei Kontinente hinweg. Sie hat vorhin ferngesehen und macht sich, sagt sie, ungeheure Sorgen. Sie will kommen. Kommt nicht in Frage, sage ich; eine kleine Krise, die zwei oder drei Tage dauern wird, dann wird alles wieder in Ordnung kommen. »Wie geht es deiner Mutter?« – »Es geht ihr seit gestern viel besser... Es war die Gallenblase... Ich hätte sie nie allein lassen dürfen.« Zehn Minuten sind nötig, um sie wieder zu beruhigen. Die *Nonos,* die mit mir in der Kabine eingeschlossen sind, rächen sich an meinem Hals und meinem Unterarm. Ich lege unter Schwüren gegenseitiger Liebe auf. Schweißgebadet.

»Meine Frau«, sage ich, als ich mich wieder setze.
»Alles in Ordnung? Nicht zu sehr beunruhigt?«
»Alles in Ordnung. Ihre Mutter auch«, sage ich und wische mir das Gesicht ab.
»Besser, daß sie nicht da ist«, murmelt Wacheux noch einmal.
Da mich Wacheux' Gesellschaft ebensowenig beruhigt wie die von Glaser, schütze ich Müdigkeit vor und verabschiede mich. Ich durchquere die Gärten in Richtung der großen Villa, die ich mit Eysterck und den Botschaftssekretären teile. Kein Licht bei Zaniek; der Kerl schläft wohl erschöpft, obwohl es erst halb zehn ist. Als die Tür offen ist, springt mich ein Schwall kalter, ranziger Luft an, wie sie nur Klimaanlagen erzeugen. Luft aus der Dose, synthetische Luft. Der geliebte Weihnachtsstern von Marie-Louise hat drei Blätter verloren. Die frische Wäsche, sorgfältig in Plastiksäcken gefaltet, liegt sichtbar auf dem Eßzimmertisch, die Rechnung hängt dran. Die Vorhänge sind zugezogen. Aufstand hin oder her, das Mädchen, Manou, hat seine Arbeit gemacht. Ich mache Licht im Schlafzimmer. Die Tagesdecke aus grober weißer Baumwolle ist tadellos aufgedeckt. Ein Nachtfalter, ein kleiner – keine Uranie –, der vom Licht aufgestört worden ist, fliegt auf und flüchtet sich an eine Wand. Ich werde heute abend allein auf dieser weichen und neutralen Fläche wie ein Schmetterling schlafen. Alles falsch, grausam, kalt. Ich gehe in die Küche, um ein Glas Wasser zu trinken. Eine Küchenschabe, ebenfalls vom Licht überrascht, flieht unter den Tisch. Ich schließe die Tür nach draußen auf und entferne das Tier mit dem Besen. Das Leben eines Menschen! Dabei ist nichts Dramatisches passiert, ich bin gesund, habe Geld und Elektrizität, doch ich bin unzufrieden, der Kopf ist leer; in der Öffentlichkeit mache ich mich lächerlich und im Privaten bin ich völlig ausgelaugt. Ich sollte mich ausziehen und ein Buch lesen,

während ich auf den Schlaf warte. Vielleicht auch einen Film im Fernsehen anschauen. Doch ich habe keine Lust, unter diesen Umständen auf den Schlaf zu warten. Ich rebelliere gegen mich selber.
Wenn ich mich weiter so im Kreise drehe, werde ich noch richtig durchdrehen. Ich nehme meine Jacke wieder, lösche die Lichter und gehe wieder hinaus. Ins *La Volière* gehen? Kommt nicht in Frage. Ich werde einen kleinen Spaziergang machen, vielleicht am Strand der afrikanischen Botschaften baden, am Independence Beach. Ich brauche heute abend die Gesellschaft Schwarzer; sie wissen, wie man sich warmhält; sie zitieren nicht die Heilige Therese von Avila.
Normalerweise sind um diese Zeit Menschen am Independence Beach. Während die hochrangigen Diplomaten Schnecken im *Relais des Tropiques* verzehren und über den jungen Beaujolais in Begeisterungsstürme verfallen, grillen die kleinen Angestellten Krabben auf dem Holzfeuer in den Felsen und trinken dazu irgend etwas, Bier, Gin, Whisky, die Frauen kichern, die Männer lassen jenes Lachen ertönen, das einem Youyou ähnelt und das Lust weckt, an dem Scherz teilzuhaben. Man muß es sagen, ich habe von Anfang an diese Leute um ihre Fähigkeit zu diesem Lachen beneidet, weil man auf dem Compound nicht jeden Tag lacht. Doch Marie-Louise ist rassistisch, man kann es getrost zugeben. Wir sind nur zweimal zum Independence Beach gegangen.
Heute abend ist der Strand, abgesehen von zwei Paaren, die auf den Felsen herumschäkern, verlassen. Ich steige wieder ins Auto ein.

6

Wenn man den Freedom Drive zum Independence Beach hinuntergeht, kommt man auf die Independence Road. Der Strand liegt in der Bucht, die durch das Kap von Old Man's Head gebildet wird, unter der polnischen Botschaft. Die Uferpromenade zieht sich bis zu den Klippen von São Fernando Po hin, doch keiner geht dorthin; es ist das Viertel der kommunistischen Botschaften, der UdSSR, Bulgariens, Chinas usw., also kaum ein Spazierweg. Die Independence Road selber gabelt sich im Innern von Georgetown und hört am Markt auf. Dahinter liegen die »Shantis« von Margarita, Lincoln, Crocodile Pond... Anstatt umzukehren, um den gleichen Weg zurückzugehen, den ich hergekommen bin, beschließe ich, weiterzugehen bis zum Rose Gardens Boulevard.

Ich komme an den Marktständen vorbei, die jetzt geschlossen sind. Unter den Laternen, die ihr scheußliches schwefelgelbes Licht verbreiten, läßt mich ein Schauspiel plötzlich anhalten. Zwei schwarze Hunde, diese großen Eingeborenenhunde, stehen aufrecht auf den Hinterbeinen, tanzen miteinander, ihre Vorderpfoten liegen jeweils auf den Schultern des anderen. Es gibt kein anderes Wort als »Tanz«, um ihre Bewegungen zu beschreiben: Sie sehen sich an, ihr Gleichgewicht wird durch den Partner gesichert, und sie bewegen sich vorwärts, dann wieder zurück, vorwärts, machen einen Schritt zur Seite, drehen sich, genauso als ob sie einen Tango tanzten. Ich breche in Gelächter aus und halte das Auto am Bürgersteig an, um sie in Ruhe betrachten zu können. Sie spielen offenbar, denn wenn sie das Gleichgewicht verlieren, laufen sie einander fröhlich hinterher, richten sich aufs neue auf den Hinterbeinen auf und beginnen wieder mit ihrem Pas de deux, zu einem Rhythmus, den nur sie kennen; ein geheimer Tango, vielleicht ein Foxtrott oder aber eine persönliche Version des Paso doble. Ihr Ausdruck erinnert an ein Lachen, ein etwas spöttisches Lachen, und ich bedaure, nicht einer von ihnen zu sein und auch so zu tanzen. Denn mich packt das grausame Gefühl, niemals mit so einer spöttischen Eleganz getanzt zu haben, der Eleganz der Schurken. Wie hätte ich es auch tun sollen, ich bin doch nur ein braver falscher Junge, ein falscher braver Junge, wie immer man auch die Worte stellen mag.

Soweit bin ich mit meinen Überlegungen, als ein heftiger Duft, eine rauhe Stimme, ein Mensch das Fenster der rechten Tür verdunkelt. Die Stimme spricht Englisch.

»Looking for company, mister?«

Ein junges Mädchen, das absurd geschminkt und noch absurder frisiert ist, in einem Kleid, das sicher sehr kurz ist, sehr kurz auch von oben gesehen, denn die runden, festen Brüste quellen fast zwischen den Trägern hervor. Eine idiotische Phantasie ergreift von mir Besitz: Die Brüste werden hervorquellen und mich mit einem Milchstrahl blind machen.

»No, I mean I was watching the dogs dancing.«

»The dogs are having fun. Why don't you have some?«

Dieser unvergleichliche afrikanische gesunde Menschenverstand! Tatsächlich, wenn sich die Hunde amüsieren, warum soll ich mich dann nicht auch amüsieren?

Man stelle sich nur vor: Opa, der sich mit der Hure aus Georgetown »amüsiert«! Opa, der eine Nummer über das lässige Benehmen »gewisser Personen« abzieht und sich dafür von Siegfried Glaser als Heuchler bezeichnen lassen muß! Und dann noch die Syphilis. Und da werde ich spontan grob:

Ich antworte dem Mädchen, daß ich mir keine Krankheiten holen will. Und sie legt mich rein, indem sie mir antwortet, daß sie heute nachmittag das Ergebnis ihrer Untersuchungen bekommen habe: Es ist negativ. Wer nicht die bodenlose Flegelei der Weißen kennt, die im übrigen mit Dummheit einhergeht, kennt mich nicht. Sie holt die Bescheinigung aus ihrer Tasche und reicht sie mir. Und ich falte sie auseinander, wie ein Zöllner, der Ware untersucht. Das Dokument mit dem Datum des Vortages – und ich untersuche genau die Schreibung des Datums und versuche, eine Fälschung zu entdecken –, und ausgefüllt vom Labor des Dr. Barnaby, 7–9 Wentworth Drive, enthält schwarz auf weiß, dreimal hintereinander, das Wort »negativ«. Der Name oben auf der Seite lautet »Miss Liza N'Domo Texceira«. Ich gebe dem Mädchen das Papier zurück, doch ein letzter Argwohn formt sich in meinem Kopf. Vielleicht wurde die Bescheinigung im Namen von jemand anderem ausgefertigt, einer gesunden Frau, und diese hier hat sie sich nur ausgeliehen, um ihrem Beruf nachgehen zu können.
»Was beweist mir, daß du wirklich Liza N'Domo Texceira bist?« frage ich.
»Ich kann es dir nicht beweisen«, erwidert sie.
Ich seufze. Es wäre besser, nach Hause zu gehen. Am Vorabend der Belagerung sich eine Geschlechtskrankheit einzufangen wäre wirklich der Gipfel.
»Ach ja, warte!« sagt sie. »Ich habe hier dieses Schmuckstück, schau!«
Sie zieht zwischen ihren Brüsten ein Herz aus Gold oder vergoldetem Metall an einer Kette hervor und deutet mit dem Finger darauf; die Initialen LNT sind eingraviert. Ich betrachte Liza; ein Blick wie von einem Nachttier trifft mein Gesicht. Ohne Schwierigkeit kann man Angst darin lesen. Vielleicht hat sie heute abend keinen Umsatz gemacht, die Indepen-

dence Road ist fast verlassen. Vielleicht hatte sie auch gestern schon keine Kunden.
»Steig ein«, sage ich.
Eilig gehorcht sie, knallt die Tür zu, und ich starte. Einige Minuten lang herrscht verlegenes Schweigen, bis zu der Ampel an der Kreuzung der Independence Road mit dem Rose Gardens Boulevard.
»Wohin willst du?«
»Wohin du willst«, antwortet sie.
»Wohin bringst du normalerweise deine Kunden?«
»Manchmal zu ihnen.«
»Und sonst?«
»Zum Strand beim Flughafen. Doch da gibt es viele Krebse«, sagt sie und lacht leise. »Kann ich meine Schuhe ausziehen?«
Ich nicke. Sie streift ihre Schuhe ab und massiert sich die Füße.
»Bist du gerade in Georgetown angekommen?« fragt sie.
»Eigentlich nicht.«
»Ich hab' dich noch nie gesehen.«
Sie holt eine Packung Zigaretten aus ihrer Tasche, zögert und legt sie wieder zurück.
»Du kannst rauchen«, sage ich und drücke auf den Zigarettenanzünder.
»Hast du eine Frau zu Hause?«
»Nein.«
»Wenn wir zu dir gehen, kann ich am Strand wieder zurückgehen. Ich verstecke mich unter dem Sitz, wenn du an den Wachen vorbeikommst.«
Sie kennt den Compound gut, ich muß lachen. Morgen werde ich mich bei Glaser entschuldigen. Im Moment widerstehe ich dem Bedürfnis, Liza zu fragen, welche Diplomaten ihre Dienste schon in Anspruch genommen haben. Ich biege

auf den Constitution Drive ein, und ungefähr zwanzig Meter vor dem vergitterten Tor sagt mir das Rascheln von Stoff gegen Leder, daß Liza unter das Armaturenbrett geschlüpft ist. Im übrigen sieht der Wachhabende nichts, grüßt mich vage, indem er die rechte Hand hebt, während eine Zigarette in seiner linken glüht. Zwei Schwarze in Zivil stehen neben dem Wachhäuschen; alle reden wohl über die gegenwärtige Lage.

Es ist Mitternacht; außer einigen Lichtern in der Verwaltung schläft der Freedom Drive. Das Restaurant ist schon dunkel; die Gärten gehören den Katzen, den Fledermäusen und den Düften. Ich parke das Auto neben einem Dickicht, so daß Liza in der Dunkelheit aussteigen kann. Wir treten durch den Dienstboteneingang ins Haus. Ich ziehe sorgfältig die Vorhänge zu, dann mache ich das Licht an, doch nur sehr sparsam.

»Willst du etwas trinken?« frage ich.

Sie setzt sich, und das Gesicht und ihr gebeugter Rücken zeugen von ihrer Müdigkeit. Sie hebt den Blick und sieht aus, als wolle sie mich um etwas bitten. Sie hat wahrscheinlich Hunger.

»Willst du etwas essen?«

Schicksalsergeben nickt sie. Ein Salat aus Corned beef und Gemüse steht im Kühlschrank. Ich nehme einen Teller, einen Untersetzer, eine Serviette, Brot und bereite zwei Whisky-Soda zu. Die Schnelligkeit, mit der sie ihr Mahl verschlingt, läßt ihren Hunger fast peinlich erscheinen.

»Willst du Salat?« fragt sie.

»Nein, du kannst aufessen. Es war nur ein Imbiß.«

Sie macht die Salatschüssel leer. Die Szene wirkt unpassend, weil, wenn man uns so sähe, sie mit nackten Füßen und ich ihr gegenüber, whiskyschlürfend und rauchend, man glauben könnte, daß wir uns schon lange kennen. Sie wischt sich den Mund ab, trinkt einen großen Schluck, stößt einen Seuf-

zer aus und fragt mich nach meinem Namen. »Babar«, sage ich, und sie lacht wieder.
»Wenn ich mich trauen würde...«, beginnt sie.
Ich mache eine fragende Bewegung mit dem Kinn.
»Ich möchte duschen.«
Ich zeige ihr das Bad und ziehe mich zurück, nachdem ich gesagt habe, sie solle sich nicht wieder schminken; endlich habe ich meiner Abneigung gegen Lippenstift Ausdruck verliehen; ich rate ihr, die Handtücher auszubreiten und hinter sich das Licht auszuschalten. Dann ziehe ich mich aus und lege mich aufs Bett, um die Zeitungen vom Vortag zu überfliegen, die mit der Nachmittagsmaschine gekommen sind. Unmöglich, meine Aufmerksamkeit lange den politischen Nachrichten zu schenken, noch weniger dem Vermischten (»Die kokette Kurzwarenhändlerin führte ein dreifaches Leben...«). Ich stehe wieder auf und beobachte Liza. Feste, runde, aber schmale Hüften ohne eine Spur von Flecken, dünne Beine, und dann die Brüste, vor allem die Brüste, rund, hoch mit spitzen Warzen. Höchstens zwanzig Jahre alt.
»Gefalle ich dir?« fragt sie, während sie sich die kurzen Haare trocknet.
Im Unterschied zu den anderen Huren oder zu dem, was ich vom Hörensagen über sie weiß, trägt sie also seit einiger Zeit keine Perücke mehr. Ich habe welche im *La Volière* gesehen: Sie stellten unwahrscheinlich blonde, rote oder schwarze Mähnen zur Schau, die ein Wahrzeichen ihres Gewerbes zu sein scheinen.
»Ich sehe, daß ich dir gefalle«, beantwortet sie ihre Frage selber und bleibt mit ihrem Blick auf meiner unteren Körperhälfte haften.
Wir haben uns von Mitternacht bis vier Uhr morgens geliebt, wie ich es noch nie in meinem Leben getan habe. Zweimal haben wir unterbrochen, um Orangensaft zu trinken und eine

Zigarette zu rauchen. Im übrigen ist es zweifellos möglich, daß ich niemals Liebe gemacht habe, ich habe mich darüber schon ausgelassen. Dadurch, daß sie gemäßigt wurde, war meine Glut von Marie-Louise vorübergehend ausgelöscht worden. Das heißt nicht, daß die anderen Frauen frigide waren, es gab nur keine Möglichkeit, sie auszuziehen. Sie legten ihre Kleider ab, das ist alles, blieben jedoch eingezwängt in ein unzerstörbares Bewußtsein ihrer selbst, dessen, was man tun darf, und der Art, wie unsere Beziehung gestaltet sein durfte. Daß Marie-Louise sich immer dem verweigert hat, was sie ekelhafte Praktiken, die der Hygiene zuwiderlaufen, nennt, daß sie diese trotzdem immerhin erträgt, wenn sie ihr zugute kommen, ist nicht das Entscheidende; entscheidend ist vielmehr eine Tatsache, deren ich mir erst heute, mehrere Monate nach den hier berichteten Ereignissen, bewußt bin; die animalische Unschuld ist aus dieser »ethnokulturellen Gruppe« verschwunden, denn Glaser behauptet ja, daß es keine Rassen gibt und daß die menschliche Rasse ein unteilbares Ganzes ist, also ist sie aus jener Gruppe verschwunden, die man Weiße nennt.
In dieser Nacht also habe ich den Verstand verloren.
Nicht jedoch meine furchtbare Vulgarität, zumindest nicht sofort. Ich erinnere mich sehr deutlich, daß ich, als ich nackt in der Küche saß, was bei Marie-Louise empörte Erstickungsanfälle ausgelöst hätte, und in kleinen Schlucken Mangosaft trank, gedacht habe, daß diese verschwenderische Ekstase nur fünf Dollar, vielleicht zehn, kostete.
Kurzum, wir sind um vier Uhr morgens eingeschlafen, als schon die Vögel sangen. Wir haben nicht lange geschlafen, denn um Viertel vor fünf sind wir von mehrmaligen Explosionen geweckt worden. Sie schienen von Norden zu kommen, doch ist es schwer, so einen Lärm genau zu orten. Ich habe Liza gebeten, sich anzuziehen und so schnell wie möglich abzuhauen.

»Wo soll ich hin?«
»Aber... zu dir!« habe ich geantwortet und dabei in der Tasche meiner Weste gewühlt, um einen Schein hervorzufischen.
»Ich bin eine Dioy«, hat sie gesagt. »Die Shantis werden in ein oder zwei Stunden bei mir zu Hause sein.«
»Die Shantis werden sich nicht an einem Mädchen wie dir vergreifen, und ich kann dich jedenfalls nicht hier behalten. Los, zieh dich schnell an. Los!«
Sie hat sich ungeschickt angezogen, das Gesicht war vor Angst aschfahl. Ich habe sie zum Dienstboteneingang geführt und ihr erklärt, wie sie zum Strand käme. Kaum habe ich die Tür geschlossen, als die Klingel an der Eingangstür ertönt. Hastig streife ich einen Bademantel über, hinter dem Milchglas erkenne ich die Umrisse von Marc Eysterck, der nachlässig gekleidet und nicht rasiert ist.
»Ziehen Sie sich schnellstens an! Wir müssen spätestens in einer halben Stunde im Büro sein!«
»Was ist los? Was waren das für Explosionen?«
»Mörserschüsse. Sie haben die Landebahnen am Flughafen zerstört.«
»Wer?«
»Na, die Shantis!«
»Aber der Flughafen liegt doch im Norden!«
»Sie sind in Margarita und sicher auch in Crocodile Pond.«
»Ich mache mich fertig.«
Als die Tür wieder zu ist, setze ich Wasser auf, gehe unter die Dusche, rasiere mich, mache in fiebriger Hast das Bett, laufe in die Küche, um den Kaffee zu machen, gieße mir eine Tasse ein, die ich ins Schlafzimmer mitnehme, ziehe mich halb an, merke, daß kein Zucker im Kaffee ist, laufe noch mal in die Küche, ohne daß ich ein Motiv für diese Erregung habe. Ich bin nicht in unmittelbarer Gefahr, der Compound wurde

nicht bombardiert und wird es sicher auch nicht werden, ich muß mich beruhigen. Ich reibe mich mit Eau de Cologne ein, ziehe mich fertig an, zünde mir eine Zigarette an und denke auf dem Weg zur Verwaltung darüber nach, daß Pépé Akouli, der Anführer der Shantis, Artillerieoffizier ist; wenn er den Flughafen bombardiert, schneidet er damit Wilkins und seinen Anhängern den Rückzug über den Luftweg ab. Der Präsident kann nur noch mit einer Marinefregatte übers Meer fliehen. Doch das ist riskant, einerseits wegen der Möglichkeit einer Marinerebellion, andererseits weil man im Süden an Okoutra vorbei müßte, das in den Händen der Dioys ist, und im Norden an den Deadman's Marshes, die von den Shantis kontrolliert werden.

Eine halbe Stunde Schlaf bei den Leistungen der letzten Nacht hat sicher nicht genügt, um meine Kräfte wiederherzustellen. Meine Hände zittern, und ich bin halb durchnäßt. Der Botschafter gibt in olympischer Ruhe seine Informationen. Wilkins hat sich vor fünf Stunden in die Botschaft der Vereinigten Staaten geflüchtet, mit seiner Familie und seinen wichtigsten Leutnants. Mehrere Minister haben sich im Hubschrauber in ihre Provinzen davongemacht, vor allem auf die Balé-Hochebenen in der Region von M'wa. Keiner gibt viel auf den Widerstand, den die Garnison von Georgetown den Aufständischen leisten könnte; dieser würde nur ein eventuelles Massaker verschlimmern.

»In diesem Land«, bemerkt der Botschafter, »gibt es, wie wir alle wissen, aufeinanderfolgende Machthaber, aber keinen Staat. In Krisenzeiten wie dieser kehrt jeder zu seiner Partei zurück.«

Seine Sekretärin hat eine große Kanne Kaffee und Schokoladenbrötchen gebracht, sie hat der Runde Kaffee eingegossen, und die Versammlung hat wie eine Beratung des Generalstabs ausgesehen; ein wilder Strauß ist durchs offene Zimmer

hereingeflogen und verängstigt von einer Wand zur anderen geflattert, bevor er wieder den Weg in die Freiheit fand.
»Oberstleutnant Eysterck«, fährt der Botschafter fort, »schätzt ein, daß die Shantis am frühen Nachmittag in Georgetown sein werden und die Dioys morgen nacht, und hier wird es nun schwierig, eine Prognose aufzustellen. Entweder es kommt zum Krieg zwischen Shantis und Dioys, und wir riskieren in diesem Fall Tage des Belagerungszustandes und sind als westliche Diplomaten alle völlig machtlos, oder aber die beiden Stämme verständigen sich, um Druck auf den einzigen Gesprächspartner auszuüben, den sie anerkennen, den Botschafter der Vereinigten Staaten, und dann werden wir Mittel haben zu handeln.«
»Aber«, so sage ich, »Akouli und Barrington wissen doch, daß wir Wilkins nicht schützen.«
»Sie wissen es sehr wohl«, stimmt der Botschafter zu, »und Pépé Akouli hat dem Botschafter Schwedens in aller Ruhe geantwortet, daß wir nur Druck auf den Botschafter der USA ausüben müßten, auf Mr. Wallace Oldway, damit er ihnen Wilkins ausliefert.« Der Botschafter trinkt einen Schluck Kaffee. »Alles verläuft, als ob wir, die Diplomaten der Welt, die Geiseln eines Eisenarms zwischen den Vereinigten Staaten und einer Handvoll Aufständischer seien. Und ich muß eingestehen«, fügt der Botschafter leise grollend hinzu, »daß ich mir die Lage für sie ziemlich berauschend vorstelle. Ein paar Neger, die mit Haubitzen und Kalaschnikows bewaffnet sind und die westliche Welt in Schach halten – was für ein schwindelerregendes Gefühl!«
»Haben Sie neue Nachrichten von Wolgenow?« fragt Eysterck.
»Nicht direkt«, antwortet der Botschafter, »doch der Botschafter der Sowjetunion hat gegenüber dem Botschafter Frankreichs erklärt, daß die Situation nur das Ergebnis der imperia-

listischen Politik sei usw. usf. Da sich seine Botschaft nicht auf dem Compound befindet, kommt er sich weniger bedroht vor als wir, doch er weiß vielleicht nicht, daß Boniface Barrington ihn als persönlichen Feind ausersehen hat, weil er ein atheistisches Land repräsentiert. Sie wissen, meine Herren, daß Barrington ein alter Priesterseminarist und sehr fromm ist.«
Der Botschafter leert seine Kaffeetasse und läßt sich neuen einschenken.
»Gibt es absolut kein militärisches Mittel, um uns im Falle eines Belagerungszustandes zu befreien?« frage ich und wende mich dabei an Eysterck.
»Alle Militärattachés wissen es, Freedom Cape ist eine Falle. Eine Intervention könnte nach der Zerstörung des Flughafens nur durch Hubschrauber von Fregatten aus vonstatten gehen, die auf dem Meer vor Anker liegen müßten. Nun, zuerst einmal gibt es sehr wenig Rasenfläche, auf der fünfzehn oder zwanzig Hubschrauber landen könnten, und zweitens wären Shantis und Dioys versucht, uns zu töten, sobald sie die Hubschrauber kommen sähen. Ich kann mir Kämpfe von Mann zu Mann vorstellen, aber wir sind uns wohl alle einig, daß diese Perspektive nicht gerade begeisternd ist«, antwortet Eysterck.
»Wir müssen daran denken, daß man schon mal Diplomaten ermordet hat, zum Beispiel während des Boxeraufstands*«, fährt der Botschafter fort. »Wir sind Diplomaten, und die Diplomatie muß uns aus dieser Lage heraushelfen. Ich bitte Sie alle natürlich, den Compound nicht zu verlassen und sich in ständiger Alarmbereitschaft zu halten.«
Der Botschafter beauftragt mich, die Resultate der Versamm-

* 1900 ermordeten in Peking auf Befehl der Kaiserinwitwe Tseu-hi die Boxer, nationalistische Aufständische, den deutschen Botschafter und seine Mitarbeiter, und die westlichen Gesandtschaften wurden belagert, während die Massaker weitergingen

lung schriftlich abzufassen und ihm vorzulegen, bevor ich sie zum Chiffrieren übergebe, das heißt also an Zaniek. Dieses nimmt fast zwei Stunden in Anspruch; es ist also fast neun Uhr, und ich spüre eine Schläfrigkeit, der ich kaum mehr zu widerstehen vermag. Genau um zehn Uhr reißt mich ein Kommen und Gehen im Flur aus dem Schlaf. Die Stimme von Drost, dem Konsul, ertönt und klingt deutlich empört. Meine Sekretärin und ich gehen hinaus. Drost steht an der Tür zur Verwaltung. Ein Blick in den Garten genügt, um die Lage zu verstehen:
Dutzende von Schwarzen irren verstört darin umher. Es sind offensichtlich Dioys, die die Ankunft ihrer Erbfeinde, der Shantis, verschreckt hat und die sich auf den Compound geflüchtet haben. Sie sind von überall her gekommen, vom Constitution Drive, wo die Masse die Garden überflutet hat, und von den Stränden. Frauen, Kinder, Greise haben sich mit ihrem Hab und Gut auf dem Rasen niedergelassen. Der Botschafter ruft mich und beauftragt mich, eine Versammlung der Botschafter anzuberaumen, die im Kinoraum stattfinden soll. In der Zwischenzeit soll man alle Eingänge aufs Gelände der Botschaft schließen. Überall klingeln Telefone, allmählich macht sich Panik breit. Die Konferenz wird um drei Uhr stattfinden. Durch das Fenster meines Büros betrachten drei Jugendliche das Innere dieses mythischen Ortes, den für sie die Botschaft darstellt. Mit dem Finger zeigen sie auf verschiedene Dinge. Meine Nerven geben allmählich nach.
Um ein Uhr gehe ich in den Club in der Hoffnung, dort ein Sandwich und ein Bier zu bekommen, und um mich vielleicht eine halbe Stunde am Pool zu entspannen. Wie durch ein Wunder ist das Restaurant offen. Die schwarzen Flüchtlinge wagen nicht hineinzugehen.
»Es ist noch Languste da, Monsieur«, sagt mir Mario, »ich kann Ihnen einen Salat daraus machen.«

»Was glauben Sie, wie lange Sie aushalten werden?«
»Ich weiß es nicht, Monsieur. Ohne einen Zwischenfall drei oder vier Tage.«
»Und wie soll man all die Leute ernähren? Wir werden Zeugen von Kannibalismus werden!«
Während meine Nerven ganz dünn werden, kommen Margo de Brouckère und Mommersley herein, aufreizend strahlend, sie in einem gelben, geblümten Kleid, er ganz in Schwarz; sie sehen meinen Tisch und kommen auf mich zu. Ich kann nicht sagen, daß mir ihre Gesellschaft gerade willkommen ist, doch ich empfange sie trotzdem einigermaßen höflich.
»Sie sehen ein wenig mitgenommen aus«, stellt Margo sanft fest, und vielleicht war gerade das nötig: ein wenig Sanftheit von ihr.
»Das sollte man ja auch wohl sein.«
»Warum?«
»Was sollen wir mit all den Flüchtlingen machen? Wer wird sie ernähren?«
»Barrington wird morgen nacht in der Stadt sein, spätestens aber übermorgen früh; sie werden dann wieder in ihre Häuser gehen«, sagt Mommersley und bestellt auch einen Langustensalat, was mich nervt.
»Außer wenn es einen Krieg zwischen ihm und Akouli gibt«, sage ich.
Am Strand ertönen Schreie.
»Was ist das schon wieder?« frage ich Margo.
»Ich glaube, Monsieur, daß die Fischer der Dioys ihre Boote zum Compound gebracht haben. Man könnte ganz Georgetown ernähren.«
»Da sehen Sie«, bemerkt Mommersley.
»Das heißt nicht, daß kein Bürgerkrieg droht«, beharre ich.
»So blöd sind die Afrikaner nicht«, erwidert Mommersley ruhig. »Unsere Botschafter haben Gespräche mit den Abge-

sandten von Akouli und Barrington geführt; außer es passiert etwas Unvorhergesehenes, werden sich die Shantis und die Dioys ausgezeichnet verstehen.«

»Man darf keine Angst haben«, meint Margo und schenkt sich geschickt ein Bier ein.

Ich betrachte sie; sie hat wirklich keine Angst. Sollte sie mehr Charakter haben als ich?

»Wenn Sie sich Sorgen machen«, sagt Mommersley, »können Sie immer noch zu uns kommen.«

Ein Vorschlag, der mich zunächst erstarren läßt. Stellt sich dieser Afrikaner vor, daß ein europäischer Botschaftssekretär seinen Posten verläßt und in eine afrikanische Botschaft flüchtet? Ich sehe ihn empört an. Dann wird mir klar, daß er zwar ungeschickt war, ganz sicher aber ehrlich. Ein Mensch, der sich an einen anderen Menschen wendet.

»Ihnen wird es nicht besser gehen als uns«, sage ich, um abzulenken.

»Doch«, erwidert Mommersley. »Sie werden von der Independence Road an bis zur Flughafenstraße hin eingekreist sein.«

»Woher wissen Sie das?«

»Das liegt doch auf der Hand. Die afrikanischen und kommunistischen Botschaften interessieren die Aufständischen nicht.«

»Wird sich Margo zu Ihnen flüchten?« frage ich.

»Nein«, antwortet Margo. »Ich will sehen, was hier vor sich geht.«

Ich blicke sie fragend an.

»Ich will sehen«, antwortet sie hart, »ob es bei den Weißen noch eine Spur von Intelligenz gibt.«

»Ich bin weiß, und Sie sind weiß«, sage ich und bin mir der Aufmerksamkeit bewußt, die Mommersley unserem Gespräch schenkt.

»Es ist eine Geisteshaltung, weiß zu sein«, erwidert Margo. Stimmengewirr auf der Treppe, die zum Strand führt, läßt sie den Blick heben; es wird verursacht von den Fischern, die zwei große Körbe mit Fischen, die offenbar nicht gut sortiert wurden, zur Küche hinauftragen. Der Koch schreit; es ist unmöglich, all diesen Fisch zu kochen! Er hat nicht genug Hilfen, um ihn abzuschuppen und auszunehmen...

»Da fehlt nur noch Christus«, sagt Margo. »Doch er ist umsonst gekommen.«

»Umsonst?« frage ich verständnislos.

»Umsonst! Keiner hat etwas begriffen. Ein paar Männlein haben um ihn herum eine Mythologie von ängstlichen Vätern aufgebaut, die sich nur um ein einziges Thema dreht, die Sexualität ist tabu.«

Sie ißt ihren Salat auf, trinkt einen Schluck Bier und wendet den Kopf dem Meer zu. In diesem Augenblick habe ich den absurden Gedanken, daß, wenn ich mein Leben noch einmal leben könnte, ich es mit einer Frau wie Margo beginnen würde. Daraufhin erstickt mich Eifersucht auf Mommersley, der so wie ein Fluß mit einer Unschuld dahintreibt, die ich niemals besessen habe. Rote und violette Blumen umgeben ihn in meiner Phantasie wie Girlanden, er wurde geboren in einer Wiege aus Pfeffer und Honig, wie es mir in zwanzig Reinkarnationen nicht beschieden wäre, seine purpurroten und rosafarbenen Zehen krümmen sich zweifellos auf Margos Laken mit einer Anmut, die einem den Atem nimmt, und selbst wenn er scheißt, wirkt dies natürlich. Es ist also normal, daß er es ist, der Margo besitzt. Normal, aber ungerecht. Oder gerecht, was weiß ich. Meine Gedanken verwirren sich. Diese Nacht! Ich stehe auf, schwanke fast und will in die Botschaft zurück.

»Übrigens«, bemerkt Margo, »Louise wollte Sie heute morgen erreichen. Ist es ihr gelungen?«

»Nein, heute morgen, wissen Sie… Was wollte sie?«
»Sie einladen, heute abend mit uns zu essen.«
»Ein Essen, heute abend? Ich? Weiß Louise, was los ist?«
Ein ironischer Blick von Margo, die gerade in eine Guavenhälfte beißt.
»Wenn Sie lieber büßen und alleine essen wollen…«
Verblüfft halte ich das Gleichgewicht auf beiden Beinen.
»Louise FitzMaurice schenkt mir ja wirklich großes Interesse«, sage ich.
Noch ein ironischer Blick von Margo. Mommersley hat sich die andere Guavenhälfte genommen, die auf dem Teller lag. Man sieht sein Zahnfleisch, als er hineinbeißt, es ist natürlich von lebhaftem Rot.
»Louise findet Sie tatsächlich sympathisch«, sagt Margo, während eine schwarze Mutter versucht, ein Kind wiedereinzufangen, das sich auf die Terrasse verirrt hat und im Zickzack zwischen den Stühlen umherläuft.
»Warum?«
»Sie findet, daß Sie an einen *college boy* erinnern.«
Worauf mir Margo einen spöttischen Blick zuwirft. Ich kann das Gespräch nicht weiterführen. Ich rufe: »Also bis heute abend!« und gehe über den Rasen, auf dem die Dioys liegen und aussehen, als machten sie ein Picknick.
In der Botschaft verkündet man mir, daß die Versammlung verschoben ist, da sich der Botschafter zu einer Konferenz begeben mußte, die in letzter Minute mit seinen Kollegen anberaumt wurde; er wird erst drei Stunden später, erschöpft und außer sich, zurückkehren. Die Konferenz war abgehalten worden, um zu versuchen, zumindest einen Teil der Dioys in den Gebäuden der All Saints' Cathedral oder der Sankt-Georgs-Kathedrale unterzubringen, wo weder Akouli noch seine Männer es wagen würden, sie zu verfolgen. Die Dioys haben begonnen zu murren, denn sie zogen es vor, am Meer

zu bleiben, doch ein Teil von ihnen hat schließlich widerwillig diese in Wahrheit nur theoretische Zufluchtsstätte akzeptiert; sie sind mit ihren Hühnern und ihrem Fisch losgezogen, die Katholiken nach Saint-Georges, die Protestanten zur All Saints'. All diese Leute, circa tausend Personen, scheint mir, überqueren den Constitution Drive und den Rose Gardens Boulevard ungefähr eine halbe Stunde, bevor ein Jeep vor dem Eingang zum Compound hält, der sich auf dem Rose Gardens Boulevard ungefähr hundert Meter von meinem Haus entfernt befindet. Ich verlasse gerade die Botschaft, um nach Hause zu gehen und auszuruhen, bevor ich mich zu meiner Abendeinladung bei Louise begebe. Eine Menge aus weißen Beamten schiebt sich auf die Hecken aus Liguster zu, die die symbolische Grenze des Diplomatengeländes darstellen; ohne genau zu wissen warum, schließe ich mich ihnen an und begreife auf den ersten Blick, daß der Passagier, der rechts neben dem Fahrer sitzt und einen Kampfanzug, Stiefel und eine Drillichjacke mit hochgeschobenen Ärmeln trägt, Pépé Akouli höchstpersönlich ist. Drei Militärs in einigermaßen korrekter Kleidung sitzen hinten, jeder hat eine Kalaschnikow auf den Knien. Der Wachhabende telefoniert aus seinem Schilderhäuschen. Wir erfahren wenig später, daß er die Botschaft der Vereinigten Staaten anruft. Ein paar Minuten darauf schießen drei Jeeps aus dieser Botschaft, bis oben hin mit bis zu den Zähnen bewaffneten Marines besetzt, knatternd auf das Tor zu. Der amerikanische Militärattaché steigt aus, Akouli ebenso. Dieser ist mittelgroß und strahlt mit all seinen Bewegungen verhaltene Energie aus. Nach einem kurzen Gespräch steigen Akouli und einer seiner Leutnants, der offenbar nur widerwillig seine Kalaschnikow den beiden anderen übergibt, in einen amerikanischen Jeep und fahren zur Botschaft.

Ich kehre heim, völlig zerschlagen, mir ist nach einer guten

Stunde Schlaf und danach nach einer Dusche zumute. Die Vorhänge sind zugezogen, was ungewöhnlich ist; das Hausmädchen läßt sie immer offen; sollte sie nicht gekommen sein? Ich mache Licht im Flur, dann im Wohnzimmer, und drei Sekunden später entdecke ich Liza, die in einer Ecke unter dem Fenster hockt, in ihren Augen steht der blanke Schrecken.

Wir sehen uns einen Augenblick an und sagen nichts. Man gewöhnt sich schnell an die Katastrophe. Erklärungen sind überflüssig.

»Seit wann bist du da?«

»Seit dein Hausmädchen fort ist.«

Also seit dem frühen Nachmittag.

»Wo hast du dich versteckt?«

»Im Dickicht hinter dem Haus.«

»Du kannst aufstehen, die Vorhänge sind zu. Hast du sie zugezogen?«

Sie nickt und bleibt immer noch in der Hocke.

»Hast du gegessen?«

Sie schüttelt den Kopf.

»Iß etwas in der Küche. Ich muß schlafen. Weck mich in einer Stunde.« Ich zeige auf die Uhr. »Wasch dich ohne zuviel Lärm.«

Sie nickt noch einmal, bleibt aber hocken. Ich schließe hinter mir die Schlafzimmertür, ziehe meine Schuhe aus, lasse mich aufs Bett fallen und versuche nachzudenken; unmöglich.

»Herr!«

Sie schüttelt mich an der Schulter, ihr Gesicht ist ernst und respektvoll, sie, die vor einigen Stunden noch... Ich bin schweißüberströmt. Ich setze mich auf.

Nichts bleibt mehr von meinem Leben übrig, denke ich niedergeschlagen.

Sie geht zwei Schritte rückwärts. Sie trägt immer noch dieses lächerliche blaue Satinkleid, in dem ich sie kennengelernt habe, doch ihre Füße sind nackt. Ich trinke hintereinander drei Gläser Wasser.

»Das Telefon hat geklingelt«, sagt sie.

Sicher Marie-Louise. Wenn es die Botschaft wäre, wäre Eysterck direkt gekommen.

»Hast du abgenommen?«

»Nein.«

Duschen. Rasieren. Es ist schwierig, einen Unbekannten zu rasieren. Ich halte inne, um zu sehen, was sie macht. Sie hat eine Hose auf einen Bügel gehängt, die Weste darüber gelegt, sucht nach dem Schrank...

»Es ist der Schrank in der Mitte.«

Nachdem sie Hemd, Strümpfe und Schuhe aufgesammelt hat, wirkt sie verstört.

»Was willst du damit machen?«

»Sie... waschen.«

Ich rasiere mich fertig, die mechanischen Bewegungen halten mich aufrecht. Dann hole ich frische Wäsche heraus. Inzwischen weicht sie die Wäsche im Waschbecken ein und sucht Waschpulver.

»Im linken Schrank unten.«

Es bleibt wirklich nichts mehr von meinem Leben übrig. Auch von mir nicht. In Strümpfen rufe ich Louise an.

»Verzeihen Sie, daß ich Sie so spät verständige. Ich beherberge eine junge Afrikanerin und bitte Sie, wenn es möglich ist, noch ein Gedeck mehr aufzulegen.«

Unmerkliche Verzögerung bei der Antwort. Louise ist zweifellos überrascht.

»Aber sicher! Auch Siegfried bringt einen schwarzen Freund mit, der im Compound festsitzt. Bis nachher!«

Glaser wird also auch dasein! Ich überlege, ob ich nicht einfach absagen kann, als das Telefon, kaum ist der Hörer aufge-

legt, erneut klingelt und mir die Stimme von Marie-Louise bringt, tonlos vor Angst und unterbrochen von den Störgeräuschen der internationalen Verbindung, entmaterialisiert von elektronischen Echos.
»Wie geht es dir? Ich komme um vor Angst!«
»Es besteht wirklich kein Anlaß dazu. Ich habe Langustensalat zu Mittag gegessen und esse heute abend bei Louise FitzMaurice.«
»Aber der Flughafen ist doch in die Luft geflogen! Ihr habt keine Flugzeuge mehr!«
»Das hindert einen nicht daran, sich zu ernähren, wie du siehst.«
»O mein Gott, wie gern wäre ich bei dir!«
»Ich glaube, es ist ein Glück, daß du nicht da bist. Wie geht es deiner Mutter?«
»Es ging ihr schon besser, doch durch die Nachrichten hat sie fast einen Rückfall erlitten.«
»Mach dir doch keine Sorgen. Alles wird gutgehen. Ruiniere uns nicht durch das Telefonieren. Ich umarme dich.«
Wieder Küsse, Beschwörungen, Schluchzer, Fragmente einer anderen Welt und eines früheren Lebens.
Liza hat mich während des Gesprächs beobachtet; sie hat sicher verstanden, daß ich mit meiner Frau sprach, obwohl sie nur Englisch spricht, und auch das nicht gut. Zweifellos verspürt sie die Demütigung, Prostituierte zu sein, noch weniger als eine Putzfrau auf allen sozialen Leitern dieser Welt; das errät man an ihrer zerknirschten Miene. Ich gehe zum Schrank, der Marie-Louises Kleider enthält; beide sind ungefähr gleich groß, obwohl Liza schlanker ist. Doch ein Gürtel sollte dem abhelfen. Ich wähle ein graues Kleid, das ganz einfach ist, keine Ärmel und einen quadratischen Ausschnitt hat. Ich ziehe an dem Bügel.
»Liza!«

Sie kommt herbei, immer noch barfuß, betrachtet das Kleid, sieht mich dann an, drückt das Kleid an sich und überprüft die Länge.
»Das ist ein Kleid von deiner Frau. Warum?«
»Wir gehen aus zum Essen. Ich kann dich nicht hierlassen.«
Sie überlegt einen Augenblick, dann zieht sie sich aus, streift das Kleid über und betrachtet sich im Frisierspiegel. Um die Brüste herum geht es, doch in der Taille hängt es herunter. Ich suche unter den Gürteln, finde einen aus rotem Leder, gebe ihn ihr, und sie versucht, ihn zuzumachen; sie bräuchte dafür zwei Löcher mehr. Ich steche sie in der Küche mit einem Nagel und einem Hammer durch.
In der Zwischenzeit diskutiert Pépé Akouli mit dem Botschafter der USA. In Washington wird das State Department aktiv. Und ich, der Botschaftssekretär, ich mache Löcher in einen Frauengürtel für eine Drei-Dollar-Hure. Als ich ins Schlafzimmer zurückkomme, habe ich die Idee, daß ich dort zwei Menschen vorfinden könnte, die sehr überrascht wären, mein altes Ich und seine Gattin. Während ich Liza den Gürtel reiche, frage ich mich, was für ein anderer ich geworden bin; doch ich weiß es nicht und kann es auch noch nicht wissen, es ist zu früh. Ist es das Schicksal aller Menschen, plötzlich ein anderes Ich entstehen zu sehen, das völlig verschieden und skandalös ist? Oder aber war mein Leben bis jetzt nur eine Lüge und enthüllt es sich nun endlich in seiner Wahrheit? Aber was für eine Wahrheit? Und wird es noch eine weitere geben? Liza macht den Gürtel zu, sie ist zufrieden mit sich und läßt das Oberteil in großen gebrochenen Falten über den Gürtel fallen. Ich schenke mir einen Whisky ein, verärgert, weil ich dem Ausgang der Unterhaltung zwischen Akouli und dem Botschafter der USA nur so wenig Interesse schenke, der doch der erste Knoten der Situation ist, die mich geschaffen hat.
»Gibst du mir keinen?« fragt Liza.

Schon die Vorboten der Beziehungen eines Paares. Denn es gibt keinen Zweifel daran, daß wir im Moment ein Paar bilden. Ich lächle und schenke ihr auch einen Whisky ein; als sie das Glas nimmt, bemerke ich den scheußlichen Silberlack auf ihren Nägeln. Ich suche noch einmal in der Frisierkommode, diesmal nach Aceton und Watte. Ich lasse sie den Lack abwischen. Doch bevor sie das tut, wirft sie mir einen langen, fragenden Blick zu. Sie will ihn mir zweifellos erklären, als Eystercks Stimme von draußen ertönt. Ich öffne die Tür und schließe sie wieder hinter mir; Eysterck spricht mit den drei Sekretären, die die Villa mit uns teilen.
»Neuigkeiten?« frage ich.
»Akouli hat gerade die Botschaft der Vereinigten Staaten verlassen, die es natürlich abgelehnt hat, ihm Wilkins auszuliefern, und damit argumentiert, daß die Shantis nur einen Teil der Bevölkerung darstellen und daß ihr Anführer, ein aufständischer Militär, keinen offiziellen Status besitze, also auch kein Mandat, das ihm die Befugnis gebe, die Auslieferung eines Staatschefs zu verlangen, der ein politischer Flüchtling sei. Der Rest ist nicht die Tinte wert. Der Oberkommandierende des Landes ist unauffindbar, und die Armee ist geteilt.«
Zehn Minuten später ist der Weg frei; Eysterck und die Sekretäre sind in ihre Wohnungen gegangen. Liza und ich gehen hinaus. Der Mond steht im letzten Viertel. Der wilde Jasmin duftet. Und ich wirke auf mich selber wie ein Hochstapler.

7

Der Blick, den Louise FitzMaurice Liza schenkte, war kinoreif; genauso der, den Glaser mir zuwarf. Ein boshaftes Glitzern in den Augen von Margo und Mommersley. Hangrove, ein junger Beamter von der britischen Botschaft, hatte keinen Grund, ironisch zu sein, ebensowenig wie Felicia Cook, die im übrigen in ein Gespräch mit Madame Bo, der Hausdame und Köchin von Louise, vertieft war.
Die Köchin war es, die aus der Schule plauderte. Als sie den Blick von Felicia abgewendet hatte, erblickte sie Liza, und ihr fiel der Kiefer herunter. Die beiden Frauen haben zwei, drei trockene Bemerkungen gewechselt, die, dem Ton nach zu urteilen, sehr deutlich waren; wir haben nichts davon verstanden, mit Ausnahme von Mommersley natürlich und einem jungen Schwarzen, den ich noch nicht kannte, weil die beiden Frauen offenbar einen Soninkê-Dialekt sprachen, doch es war, ich wiederhole es, pikant, denn der junge Schwarze konnte seine Heiterkeit nicht unterdrücken.
Man hat mir diesen jungen Mann vorgestellt, der also Jeremy heißt und dessen große Schönheit und hübsche Kleidung mir schnell verrieten, daß Glaser sein Beschützer ist. Er ist es, von dem mir Margo vorhin erzählt hat.
»Jeremy und Liza sind Dioys, die gezwungen waren, sich auf den Compound zu flüchten«, erklärt Louise jedem, der es hören will, um wenigstens einen Anschein von Anständigkeit zu wahren. Die beiden Schwarzen hören, offenbar ein wenig verlegen, zu. »Als Aperitif kann ich Ihnen leider nur Scotch

anbieten, von dem ich glücklicherweise einen kleinen Vorrat habe, und Gin mit Zitrone. Ich habe bemerkt, daß unsere Kollegen anfangen, über die Zitronen im Park herzufallen. Der Zitronenbaum gegenüber vom Haus war heute morgen noch voller Früchte; heute abend gibt es keine einzige mehr.«

Die Getränke werden herumgereicht; es gibt immer noch Eis und Wasser. Gespräche werden geführt. Ich setze mich, ziemlich kühn, wie ich zugeben muß, neben Glaser; er könnte triumphieren und mich mit Sarkasmus überschütten; doch er läßt es sein. Ich muß wohl oder übel seiner wirklichen Höflichkeit Tribut zollen, die auf paradoxe Weise eine beißende Offenheit ergänzt. Ich reserviere ihm ein einzigartiges Bild in meiner Privatgalerie bemerkenswerter Persönlichkeiten. Er beschränkt sich darauf, mich zu fragen:

»Was ist los gewesen?«

»Vielleicht ist der Teufel in mein Leben getreten. Gestern abend bin ich das erstemal, das heißt das erstemal außer einem touristischen Besuch, in die Independence Road gegangen. Dort stand sie, das ist alles. Ich habe sie heute morgen vor die Tür gesetzt, sie hat sich im Gebüsch versteckt und ist in meiner Abwesenheit zurückgekommen.«

Was bleibt nur von meiner berufsbedingten Zurückhaltung, daß ich einem Menschen gegenüber vertrauliche Geständnisse mache, von dem ich nichts weiß und von dem manche behaupten, er sei ein englischer Spion? Ich habe es schon gesagt; ein anderer ist heute nacht aus mir herausgetreten. Vielleicht bin ich dabei, mich auch aus meiner Diplomatenpersönlichkeit zu schälen oder sogar meine Karriere aufzugeben.

»Was Sie den Teufel nennen, ist für dieses Mädchen sicher der liebe Gott«, bemerkt Glaser. »Lassen wir also diesen Manichäismus.« Er läßt die Eiswürfel in seinem Glas klingeln.

»Auf jeden Fall habe ich die Leute immer dumm und arrogant gefunden, die sich vorstellen, daß sich Gott oder der Teufel für ihre Bettgeschichten interessieren.«
Und ohne große Feinfühligkeit fährt er fort: »Jeremy ist ein Gigolo. Er ist sicher froh, hier zu sein, und ich bin froh, daß er es ist.«
Komischerweise hat keiner vom Fernsehen gesprochen. Da wir uns alle im Herzen des Geschehens befinden, hat keiner den Wunsch zu wissen, wie sich dieses nach außen widerspiegelt. Und dann noch in Farbe.
Wir gehen zu Tisch. Als Vorspeise ein Salat, der mit gekochter Okra gewürzt ist, harte Eier und Krabben. Margo, die mir zur Rechten sitzt, sagt nach einigen dieser Gesprächsbrocken, die die Grundlage jeder Unterhaltung bilden, völlig aus heiterem Himmel zu mir:
»Man mag Sie gerne hier. Und man mag Sie heute abend noch mehr.«
Ich lächle, nicke, reagiere also mit Getue. Margo de Brouckère weiß nicht, daß die Verwandlung, die ich durchlaufe, meine Gedanken zu sehr beschäftigt, als daß ich für solche Plattheiten wirklich empfänglich wäre.
»Habe ich es Ihnen schon gesagt? Verzeihen Sie mir, wenn ich mich wiederhole«, fährt Margo fort, »aber eine der Tugenden Afrikas besteht darin, daß es einen abstumpft.«
»Wenn Sie erlauben«, sage ich, »werde ich diesen Gedanken mit nach Hause nehmen, um ihn zu genießen.«
»Ich hoffe, daß Sie zu Hause etwas Besseres zu tun haben, als meine banalen Überlegungen zu genießen«, antwortet sie lächelnd.
Liza, die zwischen Hangrove und Glaser sitzt, hält sich bemerkenswert gut. Sie geht geschickt mit der Gabel um – eine pedantische Beobachtung – und wirft mir von Zeit zu Zeit einen spöttischen Blick zu, der zu sagen scheint: »Da siehst du, daß

Huren auch Menschen sind«, oder irgend etwas ähnlich Naives.
Wir beginnen gerade das Hühnerfrikassee mit Gombos zu probieren, als Glaser, den Blick zum Fenster gerichtet, ausruft:
»Die Belagerung hat angefangen!«
Das Haus von Louise FitzMaurice, auf britischem Territorium, befindet sich tatsächlich am Rande des Compound, auf dem Constitution Drive. Ein paar Meter trennen es von den Ligusterhecken, die die Grenze zwischen dem Diplomatengelände und der Straße markieren. Nun sieht man über die Hecken hinweg deutlich die Köpfe von Schwarzen, unter Khakihelmen, und die Gewehrläufe, die sie demonstrativ vor sich halten. Sie stehen unbeweglich vor den Fenstern und sehen uns beim Essen zu, was unsere Kaubewegungen merklich verlangsamt.
»Man müßte die Fenster schließen und die Vorhänge zuziehen!« schreit Felicia Cook. »Was für eine Frechheit!«
»Absolut nicht«, erwidert Louise, »sollen sie es sich doch alles genau ansehen. Wir sind anständige Leute beim Abendessen.«
Doch Lizas Gesichtsfarbe oder -ausdruck hat sich verändert.
»Ich möchte es mir ansehen!« ruft Jeremy.
»Das ist unvorsichtig«, wendet Glaser ein.
Jeremy hat sich aber schon erhoben und ist hinausgegangen. Wir essen ohne große Begeisterung weiter. Durch das Fenster beobachten Margo, Mommersley, Louise und ich sorgenvoll Jeremy, der deutlich jenseits der Ligusterhecke ist und sich die bewaffneten Shantis ansieht. Glaser verläßt den Tisch und schreit ihm durchs Fenster den Befehl zu zurückzukommen. Doch der Horror hat bereits begonnen. Shantis haben Jeremy ergriffen, wir stehen alle auf und schreien, die

Shantis sind an dem Liguster vorbei und haben den jungen Mann nach draußen gezogen.
Drei Minuten später, als Glaser nach draußen gelaufen ist, fliegt ein schrecklich schweres Ding durchs Fenster über den Tisch und landet auf dem Boden. Es ist Jeremys Kopf.

8

Ich kann mich an das Weitere nicht mehr sehr gut erinnern. Oder zu gut. Glaser ist verstört hereingekommen und hat gerufen:

»Wo ist Jeremy?«

Er hat betrachtet, was wir uns da ansahen, hat uns ein nicht mehr zu erkennendes Gesicht zugewandt, das Gesicht eines Idioten, er hat den Kopf auf seine Knie gelegt und angefangen zu weinen.

Liza hat einen Nervenzusammenbruch bekommen, und Madame Bo zerrte sie mit sich in die Küche. Louise vergrub den Kopf in den Händen, und Margo war bleich. Hangrove stürzte zum Telefon, und Mommersley ist wutentbrannt nach draußen gelaufen. Durch das Fenster erreichten uns die Ausbrüche einer heftigen Auseinandersetzung. Mommersley beschimpfte die Shantis ganz offenbar mit einer unerhörten Heftigkeit, doch sie wagten nicht, ihn anzurühren.

Zehn Minuten später war der britische Militärattaché mit zwei bewaffneten Militärs da. Er erklärte den Shantis, daß sie gerade diplomatisches Gelände verletzt hätten. Er verlangte, mit ihrem Anführer zu sprechen; sie lachten. Er rief in der Botschaft an, die wiederum im Präsidentenpalast anrief, wo Akouli residiert. Weitere zehn Minuten später waren Vertreter mehrerer anderer Botschaften zur Stelle, herbeigerufen durch den britischen Militärattaché. Dann kam der Botschafter Englands, darauf die von Frankreich, den Vereinigten Staaten, Italien und Schweden. Die Shantis, die Jeremy enthauptet hatten, kamen zweifellos nicht sehr weit; sie hatten den Constitution Drive überquert, doch Jeremys Leiche lag immer noch auf der Straße, wie als Zeuge des Mordes. Sie kamen zurück, um ihn wegzutragen, als der Botschafter der Vereinigten Staaten, in Begleitung von zehn Marines mit gezücktem Gewehr, ihnen den Befehl gab, nichts anzurühren. Die Gewehre klickten. Etwas später erschien eine Militärabordnung, angeführt von einem Leutnant von Akouli. Der Leutnant fragte, wer die Soldaten seien, die für den Mord verantwortlich waren. Mommersley und ich zeigten mit dem Finger auf sie. Ungläubig sahen sie uns an. Der Leutnant ließ sie in die Mitte des Constitution Drive gehen und dort auf der Stelle hinrichten. Das waren an diesem Abend nun schon fünf Leichen. Mommersley, Hangrove, Louise, Margo und ich gingen sodann zur Botschaft der Vereinigten Staaten, um eine gemeinsame Zeugenerklärung zu verfassen, genehmigt von unseren jeweiligen Botschaftern. Dann gingen wir wieder zu Louise zurück. Glaser hing in einem Sessel, der Blick glasig und die weiße Hose mit schwarzem Blut befleckt; Liza saß auf dem Sofa in den Armen von Madame Bo und zitterte.

»Glaser«, sagte ich, »nehmen Sie ein Beruhigungsmittel, und dann begleiten wir Sie nach Hause.«

»Der Kopf«, murmelte Glaser. »Wir müssen ihn beerdigen.« Er atmete tief durch. »Den Körper auch, wenn möglich beide zusammen.«

Louise schickte Madame Bo die Gärtner wecken, falls diese schlafen sollten. Die Gärtner kamen eine halbe Stunde später. Wir baten sie, einen Graben in dem Rechteck auszuheben, das das britische Territorium vom französischen trennt. Der Arzt der britischen Botschaft befand, daß das Grab nicht tief genug sei, und ließ deshalb tiefer graben. Darauf holte er festes Leintuch, in das er und Madame Bo die Überreste Jeremys einnähten, und diese senkte man ins Grab.

Ungefähr dreihundert Menschen – die Shantis eingeschlossen – waren bei der Beerdigung dieses charmanten, unvorsichtigen Gigolos dabei. Der britische Geistliche sprach ein paar Gebete, und die Gärtner schaufelten das Grab wieder zu. Darauf setzte der Geistliche ein fertiges Kreuz. Woher kommen nur diese Kreuze?
»Wie hieß er?« fragte der Geistliche, der einen kleinen Topf mit schwarzer Farbe und einen Pinsel in der Hand hielt. Man mußte Glaser die Frage noch einmal stellen.
»Jeremy Bonnaventura.«
»Wann geboren?«
»Neunzehnhundertsiebzig, glaube ich.«
Wir begleiteten Glaser in seinen Bungalow zurück. Das Beruhigungsmittel ließ ihn taumeln. Auch meine Beine waren nicht sehr fest, als ich nach Hause ging. Ich brauchte auch kein Beruhigungsmittel. Doch ich gab Liza welches. Ich schlief nicht ein; ich versank im Chaos. Möglicherweise träumte ich; Liza sagte mir, daß meine Stimme sie geweckt habe. Die Gnade der Biologie bewirkt, daß man meistens seine Träume vergißt.
Am Morgen fühlte ich mich völlig zerschlagen, als hätte ich am Vorabend zuviel Alkohol getrunken. Als ich ging, empfahl ich Liza, sich nicht vom Haus zu entfernen. In der Botschaft erfuhr ich zunächst in der Morgenbesprechung, daß Pépé Akouli das gesamte Gelände durch tausend bewaffnete Männer hatte umzingeln lassen. Die Botschaften der afrikanischen und der kommunistischen Staaten schienen dagegen keinen Beschränkungen ihrer Bewegungsfreiheit zu unterliegen, doch sie durften nicht auf den Compound. Aufständische Truppen waren entlang der Freedom Avenue und sogar am Strand postiert.
»Der Strand wird als Teil des Compound betrachtet«, sagte der Botschafter, »und wir werden Akouli eine Protestnote

schicken. Man will den Nachschub von Vorrat, den wir aus afrikanischen Ländern bekommen könnten, abschneiden.« Er trank eine Tasse Kaffee und fügte hinzu: »Akouli will uns aushungern. Wir können acht oder zehn Tage ohne zu große Einschränkungen aushalten. Danach wird es Probleme geben. Das größte ist das der amerikanischen Reaktion. Amerikanische Gebäude liegen an der Straße nach Georgetown. Die Landung von Marines ist zu befürchten.«
Mittags hatte der Compound keine Elektrizität mehr. Die meisten Botschaften verfügen über Generatoren, doch diese sind ausschließlich für den lebenswichtigen Dienst der Verwaltung bestimmt. Also keine Air-condition mehr in den Häusern. Ständig läuft uns der Schweiß herunter.
Mittags bin ich ins Restaurant gegangen; an der Hälfte der Tische wurde serviert. Mario erklärte mit viel gutem Willen, daß er nicht mehr viel anbieten könne, da er keinen Herd habe. Die Kühltruhen boten noch ein wenig Kälte, doch alles, was darin war, wäre in wenigen Stunden zweifelsohne ungenießbar. Die französische Botschaft versuchte, eine Verbindung zwischen ihrem Generator und den Kühltruhen herzustellen, aber man war nicht sicher, ob es Kabel von genügender Länge gab.
»Ich kann Ihnen Schinken mit Salat bringen«, sagte Mario beflissen.
»Das ist schon mal für zwei«, sagte hinter mir jemand; es war Maugras.
Wir setzten uns etwas abseits an einen Tisch. Wir hatten uns zu viel zu sagen, um zu reden, zumindest eine Zeitlang.
»Ich hoffe, daß Margo nun begreift, was Afrika ist«, sagte Maugras schließlich.
Diese Ansicht kam mir ein wenig vereinfachend vor.
»Ich bin nicht sicher, daß die Augenblicke, als Berlin fiel, viel angenehmer waren. Der damalige italienische Botschafter in

Berlin, Filippo Anfuso, hat mir von den letzten Tagen erzählt«, wandte ich ein.
Maugras schien nicht zuzuhören.
»Eine anständige Tracht Prügel brauchen sie, diese ganzen Affenmenschen!«
Da ich seit zwei Tagen mein Leben mit einem weiblichen Affenmenschen teilte, konnte ich kaum Richter und Partei sein. Ich schwieg.
»Auf jeden Fall hat Margo nun ihr schönes schwarzes Herz nicht mehr. Vor kurzem hat er versucht, den Compound zu betreten, und er wurde zurückgedrängt.«
Das tat mir für Margo leid. Ich mochte ihr Verhältnis mit Mommersley. Ich mochte beide. Ich beneidete sie. Vielleicht beeinflußte dies mein Verhalten gegenüber Liza.
»Sollen doch die Marines oder unsere Gewehrschützen landen, Verehrtester, und dann gebe ich nicht mehr viel für diese Affen mit ihren Kalaschnikows!« fuhr Maugras fort.
Ich hatte weder die Argumente noch den Wunsch, mich mit Maugras zu streiten. Ich verabschiedete mich und fragte mich, ob, wenn diese Prüfung vorbei wäre, sie anders als mit meinem Tod zu Ende ginge und was für ein Mensch ich dann wäre. Ich besuchte Louise FitzMaurice. Glaser rauchte mit nachdenklichem Gesicht und sog an einem Gin mit Zitrone. Völlig starr.
»Das ist nett, daß Sie vorbeikommen«, meinte Louise, die schrecklich gleichgültig wirkte.
Ich sah verstohlen dorthin auf den Boden, wo Jeremys Kopf hingefallen war. Die Stelle glänzte stark. Madame Bo hatte alles aufgeräumt. Sie brachte mir eine Tasse Kaffee. Ein unbezahlbares Getränk in diesen Zeiten. Glaser sah mich mit durchsichtigem Blick an.
»Kannten Sie Jeremy schon lange?« fragte ich.
»Seit einem Monat. Der Zeitraum menschlichen Glücks.«

Kurz darauf: »Sehen Sie, ich weiß nicht mehr, was ich denken soll. Was ich denke, kann nur subjektiv sein. Ich sollte die Shantis hassen. Doch ich kann es nicht. Ich sollte Gott hassen. Doch das kann ich auch nicht, weil er nichts dafür kann. Ich sollte mich hassen, weil ich Jeremy nicht schnell genug gebremst habe, doch das wäre müßig. Also die menschliche Natur. Doch das ist selbstmörderisch. Die Afrikaner. Es gibt kein Volk, bei dem ich mich erfüllter gefühlt hätte. Der Haß würde es mir erlauben, den Schlag zu ertragen. Wir überleben alle durch jene gewaltigen Gefühle wie Haß und Hoffnung. Ich kann das nicht. Ich denke an Jesus, der zu wirklichem Haß unfähig war.« Wieder eine kurze Pause. »Aber ich idealisiere nichts mehr. Ich habe Angst, große Angst. Nichts mehr zu idealisieren ... das ist der Tod.«

Es ist plötzlich grau, Regen peitscht die Blätter, vor der Veranda bilden sich Pfützen. Zehn Minuten später läßt die Sonne alles glitzern, die Welt wird silbrig, Fliegen, Hummeln und Schmetterlinge schweben umher, verhexte Glimmerteilchen.

»Wie geht es Liza?« fragt Louise. Sie betrachtet den Garten.

»Sie wird leiden.«

»Leiden?«

»Wenn alles vorbei ist.«

Ein kleiner vergifteter Pfeil. Klein, aber wirksam.

»Ich habe keine Lust mehr, hier ein Essen zu geben, auf jeden Fall nicht heute abend. Sie sollten es bei sich machen«, sagt Louise zu mir.

»Sehr gut. Aber ich habe fast nichts mehr.«

»Madame Bo und ich werden uns darum kümmern.«

Ich schleppe mich durch einen schrecklichen Nachmittag an der Botschaft. Alle Leute telefonieren. Die Botschafter rufen sich gegenseitig an, rufen bei den Ministerien an, die sich dort befinden, rufen wieder einander an. Die Sache läßt sich in wenigen Worten zusammenfassen: Die Amerikaner geben Wilkins nicht heraus. Ein Nachtrag: Die M'was haben sich in den Hochebenen bewaffnet. Je verrückter man ist, desto mehr lacht man.

Ich wehre mich gegen Kindheitserinnerungen. Eine gestehe ich mir zu, weil schwere Zeiten sind. Bei meiner Großmutter wurde dem sonntäglichen Essen im Kreise der Familie die Bedeutung einer Krönungszeremonie beigemessen. Woche für Woche machten sich die ehrwürdige Dame und drei Domestiken samstags an die Vorbereitung eines endlosen Mahls für zwölf bis fünfundzwanzig Personen für den nächsten Tag. Man rupfte, man köchelte, man stopfte, man spickte, man schälte, man hackte, man taute auf, man schrie viel, und da ich an diesem Tag der Obhut meiner Großmutter anvertraut war, achtete keiner weiter auf mich, und um mich zu beschäftigen, durchwühlte ich die Schränke. Ich war wohl zehn Jahre alt. Eines Tages fand ich in einem dieser Kleidungsfriedhöfe ein Gewand, das mir geheimnisvoll erschien, eine Art Kasack aus vergilbtem Satin mit braungewordener und zerknitterter Spitze, dessen Unschicklichkeit für mich unwiderstehlich war. Ich riß es vom Bügel und aus den folgenden Staubwolken und zog es an, so stolz und glücklich wie ein Kaiser, der sich in den heiligen Mantel hüllt. In dieser Verkleidung stolzierte ich bis zur Küche. Meine Großmutter blinzelte, schrie zunächst auf, doch dann brachen die Dienstboten in Gelächter aus, und sie lachte mit. Später versuchten sie, mir meine Verkleidung abzunehmen, doch vergebens. Ich fand darin eine Sicherheit, die einer Rüstung ähnlich war. Nun also habe ich in mir diesen Kasack wieder hervorgeholt. Georgetown, die Belagerung und die darauffolgende Erregung erreichen mich nicht mehr. Ich denke nur noch daran, mit Liza wieder Liebe zu machen. Der furchtbare gestrige Abend kommt mir unwirklich vor, und das eben wegen seines furchtbaren Charak-

ters. Ich habe das Gefühl, bei einem Horrorfilm dabeigewesen zu sein, einer jener Ausgeburten der Phantasie, die das Herz schneller schlagen lassen, so daß man die Lehne umklammert und seine Tüte mit Erdnüssen aufißt. Ich trage den Kasack meiner Großmutter, und nichts würde mir besser gefallen, als die spitzen, ins Violette übergehenden Brüste von Liza wiederzufinden, ihr Geschlecht unter ihrem festen Bauch, ihr unverfälschtes Keuchen, das von ihren Fingern, ihren Ohren, ihren Schultern, ihren in auberginehafte Seide natürlich eingehüllten Beinen verstärkt wird.
Als ich die Verwaltung verlasse, begegne ich Zaniek, der angespannt aussieht. Wir bleiben im Gang stehen, um uns fragend anzusehen oder, genauer gesagt, ich halte ihn mit einem Blick an, und er zwinkert mit seinen geröteten Lidern.
»Keine Telexe heute abend?«
»Ich weiß nicht, Monsieur. Man rechnet damit, daß die Dioys kommen.«
»Ich weiß. Ihre Geliebte, Zaniek, ist sie eine Dioy?«
Zaniek verschluckt sich vor Erstaunen und atmet durch.
»Nein, Monsieur, sie ist eine M'wa.«
»Sie haben sie doch hoffentlich nicht weggejagt?«
»Nein, Monsieur. Sie ist zu Hause.«
»Verschreckt, nehme ich an.«
»Ja, Monsieur.«
»Haben Sie heute abend etwas zu essen? Wenn Sie beide kommen wollen, es gibt ein Abendessen bei Kerzenlicht oder bei einer Petroleumlampe, ich weiß es nicht. Um halb acht.«
»Ja, Monsieur. Vielen Dank, Monsieur.«
Ich gehe nach Hause und finde dort Louise und Madame Bo. Liza rollt gefüllte Kohlblätter im Schein einer Petroleumlampe, während Madame Bo irgend etwas kleinhackt. Zwei Primusflammen, die sie irgendwo aufgetrieben haben, dröh-

nen unter dem Gewicht von riesigen Töpfen. Louise schuppt einen großen Fisch, von dem sie die Filets ablöst.
»Hello«, sagt sie fröhlich. »Fischsuppe, gefüllter Kohl und Mangokompott, ist das okay?«
Ich breche in Gelächter aus. Genauso wie meine Großmutter.
»Es werden Siegfried, Margo, die Pipes und wir da sein, sind Sie einverstanden damit?«
»Und noch zwei, unser Chiffrierspezialist, Zaniek, und seine Süße, eine M'wa.«
Madame Bo und Liza blicken mich ausdruckslos und vorwurfsvoll an.
»Und Mommersley?« frage ich.
»Er hat mit Mühen den Compound verlassen können, doch man weiß nicht, ob er wieder zurückkommen kann. Die Shantis haben die Independence Road gesperrt«, antwortet Louise.
Ich dusche mich in der Dunkelheit, wühle furchtbar lange auf der Suche nach Kerzen herum, mit denen Marie-Louise immer bei Abendessen den Tisch schmückte, finde schließlich eine Schachtel und zünde eine an, um mich zu rasieren. Es liegt noch frische Wäsche im Schrank; danach wird man sehen.
Ich ertappe mich dabei, daß ich *Au clair de la lune* vor mich hin singe, während ich mich mit Rasierwasser betupfe.
»Decken Sie doch den Tisch«, sagt Louise zu mir, »das wird Sie beschäftigen.«
Zaniek trifft als erster ein, mit einer militärischen Pünktlichkeit, eine Flasche Bordeaux unterm Arm und gefolgt von dem Mädchen, dessen Anatomie ich durch die halboffenen Fensterläden bewundert habe. Sie trägt den absurden Namen Selena. Madame Bo und Liza blicken sie aus der Küche mit stammeseigentümlichem Unwillen an; sie sind Dioys, und Se-

lena ist eine M'wa. Sie und Zaniek setzen sich vorsichtig, die Hände im Schoß wie heimliche Verlobte auf Besuch bei den Schwiegereltern. Ein Whisky für Zaniek und ein Gin mit Zitrone für Selena lassen sie wenig später jedoch Selbstvertrauen schöpfen, vor allem als Madame Bo und Liza rufen, daß sie auch etwas trinken möchten. Zaniek sieht mich mit einem fragenden, ängstlichen und feuchten Blick an, als wolle er sagen: »Wie, du bist auch mit einer Schwarzen zusammen? Das hätte ich nicht gedacht! Stimmt das?« Die Pipes kommen lässig mit einer Flasche irischem Whiskey und zwei Flaschen Mineralwasser an. Pipes verkündet, daß Barrington die nördlichen Vororte von Georgetown erreicht habe. Die große Unbekannte wird das Zusammentreffen mit Akouli sein. Hastige Analysen der psychologischen Stammeshaltungen, die mir genauso fundiert vorkommen wie die Orakel der Sibylle von Cumae oder der Pythia von Delphi. Vernunftmäßige Horoskope!
»Wir wissen nichts und können nichts wissen«, sage ich. »Wir sind in der gleichen Lage wie die Menschen zu Anbeginn der Menschheit, die die Ursachen und Entwicklungen der Gewitter nicht kannten. Unsere einzige Sorge zur Zeit gilt dem Überleben.«
Diese Feststellung scheint Pipes zu überraschen, der hartnäkkig daran festhält, daß es in dieser Situation einige abwägbare Elemente gibt. Glaser, der während dieses Schlagabtausches mit einem Sack frischem Gemüse gekommen ist, das er zu einem horrenden Preis einem Shanti-Soldaten abgekauft hat, ergreift für mich Partei.
»Es ist nicht allen Menschen gegeben, sich einmal im Leben dem pursten Zufall gegenüber zu sehen. Erkennen wir diese Situation also als solchen an. Sie liegt in der Logik Afrikas oder genauer in Afrikas Mangel an Logik.«
»Die Afrikaner sind wie alle anderen auch«, wendet Pipes ein.

»Ein Teil ihres Geistes neigt der Logik zu. Deshalb sage ich, daß man das Verhalten Barringtons und Akoulis in gewissem Maß voraussehen kann.«
»Die Logik des Afrikaners ist nicht die unsere, oder zumindest ähnelt sie nicht dem Bild, das wir uns von unserer machen«, schaltet sich Margo ein, die durch den Dienstboteneingang hereingekommen ist. »Seine Logik besteht darin, die Kräfteverhältnisse zu entziffern, die ihn umgeben, sich die Eigenschaften anzueignen, die er für siegreich hält. Akouli ist Marxist von einer besonderen Art; er denkt, daß das Volk immer recht hat, weil die Götter für das Volk sind, das ist alles. Da die Shantis zahlreicher sind als die Dioys und die M'was, denkt er also, daß seine Götter die stärksten sind und siegen werden. Was Barrington angeht, so nimmt er an, daß die Götter Akoulis aussehen wie alte Thorneycroft-Lastwagen neben den modernen Mercedes Diesel des einzigen Gottes, den zu ehren er einst im Seminar von Brazzaville gelernt hat. Sie werden in Akoulis Armee einen bärtigen Graukopf finden, der Leutnantsepauletten trägt; das ist Akoulis Berater.« Sie stellt einen Eimer mit Eis auf den Tisch und nimmt einen Eiswürfel heraus, den sie in ihren Gin mit Zitrone wirft. »Ich habe ihn Mario geklaut«, sagt sie lächelnd, »und dann noch ohne zu löhnen.«
Alle nehmen sich Eis, als seien es Süßigkeiten.
»Ich glaube, daß Akouli und Barrington eine zeitweilige Vereinbarung schließen werden, um die Vereinigten Staaten in die Knie zu zwingen. Danach werden sie versuchen, sich gegenseitig auszuschalten«, erklärt Pipes.
Keiner äußert sich zu dieser Voraussage. Wir gehen zu Tisch. Und Liza setzt sich, wie aus einem Instinkt heraus, an den Platz, den Marie-Louise eingenommen hat, wenn wir Essen gaben. Ich bin betroffen, nicht wegen dieses Zufalls, sondern über das, was er enthüllt; ich empfinde keinerlei Sehnsucht nach einer Frau, die für mich vor vier Tagen noch Liebe, Se-

xualität und Glück darstellte. Die Tatsache, daß seit heute morgen die Telefonverbindungen unterbrochen sind, erleichtert mich. Und ich empfinde auch kaum Mitleid für diese Frau, die dort im Norden mit angespanntem, maskenhaftem Gesicht in den Fernseher schaut, zweifellos mehrmals am Tag im Ministerium anruft und mit ihrer Mutter ihre Angst davor teilt, Witwe zu sein. Während ich meinen Teller von dem, was Louise »Suppe« nennt, leer esse – was in Wahrheit eine Bouillabaisse ohne Rouille ist –, denke ich, daß die Bindung der Frauen an ihre Männer nicht dieselbe ist, die sich jene in ihrer Jugend von ihnen erhoffen. Die Männer haben ein Fest erwartet, sie bekommen Pflichten. Sie haben Fröhlichkeit erwartet, sie bekommen Enthaltsamkeit, gezügelt und voller Resignation. Statt Sexualität die eheliche Pflicht, und die eher selten und in Anstandsregeln zusammengeschnürt, oder, schlimmer noch, die organisierte Orgie, Sexparties mit Partnertausch. Was eine Hure einem Mann gibt, kann ihm eine Ehefrau nicht geben, weil sie dann keine Ehefrau mehr wäre, nicht mehr die halbe Jungfrau, die die Pflicht im Grunde nur einfordert, weil sie fürchtet, sie könne anderswo erfüllt werden, oder aber sie wird an manchen Tagen, wo ihre Rolle sie niederdrückt, wo ihre Jugend sich in ihren hängenden Wangen abzulagern beginnt und ihre Brüste schlaff werden, von der Angst gepackt, nicht mehr begehrt zu werden, nicht mehr die Verkörperung der Begierde zu sein, weil sie diese zu stark gezügelt hat, Angst davor, jene abqualifizierte Kopie zu werden, jenes andere menschliche Wesen, das eine alte Frau ist – keine Frau, die alt geworden ist, sondern die Repräsentantin einer Rasse, die die Anthropologen bisher nicht beachtet haben und die der Suppe der Reue geweiht ist, welche manchmal gewürzt wird durch Familienintrigen und eingezwängt ist von der herrschsüchtigen Illusion, für das Wohl der anderen zu sorgen.

Ich hebe den Kopf, und auch alle anderen am Tisch spitzen die Ohren.
»Es wird geschossen«, sagt Madame Bo und klebt die Nase ans Fenster, als ob die Landschaft ihr mehr sagen könnte. Doch die Vögel streiten sich weiter um ihre Plätze für die Nacht, der Duft des wilden Jasmins strömt durch die Büsche, und seit zwei Tagen spielen die blühenden Pfefferbäume ihre Tricks gegen den Rest der duftenden Pflanzen aus.
»Das soll uns nicht den Appetit verderben«, meint Pipes und ißt voller Hingabe seine Suppe auf.
Liza und Selena scheinen zugeschnürte Kehlen zu haben. Man kann sehr gut die gezwungenen Bewegungen bei jedem Bissen, den sie herunterschlingen, verfolgen.
»Madame Bo«, erklärt Louise, »Felicia Cook wird wohl langsam in ihrem kleinen Bungalow Angst bekommen. Würde es Ihnen etwas ausmachen, sie zu fragen, ob sie zu uns kommen will? Sie stört es doch sicher nicht?« fragt sie dann mich. »Ich weiß, daß Sie Felicia mögen, und sie erwidert diese Zuneigung. Sie sitzt bestimmt völlig verschreckt in ihrem dunklen Bungalow, nur bei einer Kerze.«
Madame Bo geht mit ihrem tänzelnden Gang hinaus, während das Schießen entweder stärker wird oder aber sich nähert. Das Pfeifen der Mörser durchschneidet deutlich den Gesang der Vögel.
»Ich frage mich, worauf sie schießen«, wundert sich Margo.
Liza und Louise räumen die Suppenteller ab und bringen den gefüllten Kohl. Beifällige Kommentare. Nur Glaser scheint regungslos. Eine Träne rinnt ihm aus den Augen. Es ist der erste Gedenktag von Jeremys Tod. Es wird dreihundertvierundsechzig weitere geben, voller Traurigkeit, die sicher immer weniger werden wird, doch beim letzten wird Siegfried Glaser, der dann in Patagonien oder Norwegen sein wird, falls er noch lebt, wie eine Quelle heulen, weil das der offizielle Jah-

restag sein wird. Auf einer argentinischen Estanzia oder in einem Hotel in Oslo, in Gesellschaft von irgend jemandem, von Universitätsangehörigen, die das Nobelpreiskomitee beraten, oder von finnischen Sinologen, wird er anfangen zu weinen. Dann werden die Jahre seinen Kummer blasser machen, wie auch die Knochen eines hübschen Jungen aus Georgetown weiß werden, der auf den Namen eines Propheten hörte.
»Siegfried«, sage ich, »wollen Sie einen Schluck Rotwein? Das hilft in solchen Fällen.«
»Ich beweine nicht so sehr Jeremy«, sagt Glaser, schnieft und trocknet sich die Augen mit seiner Serviette. »Ich beweine nicht so sehr Jeremy, Babar. Ich beweine mich.«
»Sie leben und sind gesund«, sagt Louise und serviert ihm ungerührt den gefüllten Kohl. »Wären Sie denn lieber an Jeremys Stelle enthauptet worden?«
»Reden Sie keinen Unsinn, Louise. Ich *bin* enthauptet worden. Ich habe mit Jeremy versucht, noch einmal an die Liebe zu glauben. Es ist mir gelungen. Ich glaube, daß...«
Er bricht in Tränen aus.
»Sie glauben, daß er Sie liebte«, spricht Margo den Satz zu Ende.
Glaser nickt heftig und schluckt seine Tränen hinunter.
»Wenn er bei einem Autounfall ums Leben gekommen wäre, in Surrey, dann wären Sie nicht so pathetisch«, sagt Madame Pipes. »Die Umstände sind es, die Sie so empfindlich machen.«
»Nein, Betty, denn ich hätte Jeremy nicht nach Surrey mitgenommen.«
»Sie wollten ihm ein Agraringenieurstudium anbieten, er wäre also in Leeds oder Manchester gewesen. Er hätte in einem Aufruhr getötet werden können, den Rassisten vor einem Pub veranstaltet hätten.«
»Ich verstehe, was Siegfried meint«, wendet Margo ein. »Es

kommt im Leben der Zeitpunkt, da bleiben einem wenige Illusionen, und das wenige nimmt dann einen ungeheuren Wert an. Wenn man das alles in einen Menschen investiert und den dann verliert, gleicht man dem ruinierten Mann, der versucht, sein Vermögen im Kasino wiederzugewinnen; Siegfried hat verloren.« Sie schenkt sich Wein ein. »Nur ein unschuldiges und gleichzeitig gerissenes Wesen wie Jeremy konnte Siegfried das geben, was der Liebe ähnelt und es vielleicht ist. Nur ein Afrikaner konnte das.«
»Warum?« fragt Zaniek, dem ich daraufhin einen boshaften Blick zuwerfe.
»Weil die Afrikaner arm sind, weil das Alter eines Mannes oder einer Frau für sie weniger zählt als für die Weißen und weil die Weißen ihnen den Irrglauben aufgepfropft haben, sie seien ihnen überlegen.«
Zaniek senkt die Nase in seinen gefüllten Kohl.
»Was heißen soll«, schließt Pipes, »daß die Afrikaner an dem Tag, an dem sie reich sind, uns nicht mehr lieben werden.«
Diese Feststellung entlockt Glaser ein Lächeln. Der Lärm der automatischen Waffen wird stärker. Die Männer von Barrington haben wohl die Sebastiano Wilkins Airport Avenue erreicht, wenn nicht gar das Ende des Constitution Drive. Auch das Geräusch eines, vielleicht von zwei Hubschraubern ist jetzt zu erkennen.
»Sie haben also Hubschrauber«, bemerkt Louise. »Das heißt, daß sich die Luftwaffe Barrington angeschlossen hat.«
Drei Pfiffe, drei Explosionen.
»Das sind Raketenwerfer«, kommentiert Pipes. »Zweifellos vom Hubschrauber aus geschleudert.«
Piepsen und die tiefe, singende Stimme von Madame Bo künden davon, daß sie mit Felicia zurückgekehrt ist. Louise und ich stehen auf, um sie zu empfangen, wir machen ihr

Platz am Tisch. Sie ist aufgeregt, empört, weil die Shantis ihr ständig obszöne Bemerkungen herüberrufen; sie wohnt tatsächlich am Rande des Compound, neben dem Constitution Drive.
»Haben Sie schon gegessen?« fragt Louise.
Die Frau des Geistlichen hat ihr eine Dose mit Schinken mitgebracht, doch in der Dunkelheit hat Felicia keinen Öffner gefunden; sie hat deshalb nur eine Guave und zwei Zwiebacke gegessen, und sie gibt dem Mahl, das ihr Madame Bo serviert, ausgiebig die Ehre. Man schenkt ihr auch das letzte Glas Wein ein. Diese Höflichkeiten spielen sich vor einem immer aggressiveren akustischen Hintergrund ab. Ein Leuchten blitzt in der Nacht auf, eine Explosion läßt das Haus erbeben. Felicia vertieft sich ungerührt in den Genuß der Bouillabaisse und trinkt einen Schluck Wein.
»Ich möchte lieber mit vollem Magen sterben«, sagt sie.
Es wird heftig an die Tür geklopft; als ich öffne, steht ein ziemlich erregter Eysterck da.
»Haben Sie gesehen? Eine Rakete ist in den Garten des Präsidentensitzes gefallen. Nehmen Sie«, sagt er zu mir und reicht mir eine Walther PKK und eine Schachtel mit Munition. »Sie müssen sich darauf gefaßt machen, Ihre Haut zu verteidigen. Ich suche Zaniek, wissen Sie nicht, wo er ist?«
»Ich bin hier«, ruft Zaniek. »Aber ich habe meinen Revolver, danke.«
»Wir haben nur noch Gin mit Zitrone«, sage ich.
»Danke, ich habe noch zu tun, außerdem habe ich nichts gegessen. Wie haben Sie es geschafft, sich den Fraß zu organisieren? Können Sie einen Revolver bedienen?«
Ohrenbetäubender Lärm. Noch eine Rakete ist gefallen, auf der anderen Straßenseite, zweifellos wurde sie auf die Verwaltungsgebäude geworfen, die sich in der Nähe des Präsidentensitzes befinden.

»Ich habe auch einen Revolver«, erklärt Felicia, die aus ihrer Makrameetasche ein merkwürdiges Gerät mit Elfenbeinkolben hervorholt und auf Pipes richtet. »Bewundern Sie meinen lieben Bulldog!«

»Um Himmels willen!« ruft Louise. »Nicht bei Tisch!«

Felicia steckt ihre Waffe wieder ein.

»Natürlich kein Brot«, bemerkt sie. »Mario hat versprochen, für morgen welches zu backen.« Sie legt laut ihren Löffel nieder. »Die Frau des Geistlichen auch.«

Vielleicht wird ja einer von uns diese Prüfung überleben; er wird sicher erzählen, daß Felicia Cook sich kurz vor ihrem Tod darüber beklagte, daß es kein Brot gab, und daß Nicholas Pipes, ebenfalls kurz vor seinem Tod, den Unterarm seiner Frau in einer zärtlichen Geste drückte. Vielleicht werden wir alle sterben und es wird keinen Zeugen geben. Vielleicht wird keiner sterben, und wir werden alle vergessen, was wir an diesen Abenden gesagt und gefühlt haben. Die außerordentliche Leichtigkeit, die die Angst hervorgebracht hat, wird dann auf die Speicher unseres Gedächtnisses verdrängt werden. Als Vertreter großer politischer, wirtschaftlicher und technologischer Mächte sind wir in den Zustand isolierter Wesen vor dem Zufall in reinster Form geraten, wie Glaser gesagt hat. Wir sorgen uns noch um den gesellschaftlichen Schein, und es sieht sogar so aus, als ob sich ein Sinn für Solidarität in den letzten Tagen entwickelt hätte. Doch wie wird es sein, wenn sich die Bedingungen verschärfen?

Um neun Uhr erfüllt der Lärm der automatischen Waffen den Garten. Man kämpft nun direkt auf dem Constitution Drive. Eine halbe Stunde später könnte man glauben, daß auf dem Compound gekämpft wird. Eysterck kommt zurück, um Zaniek zu holen, der vom Botschafter zum Chiffrieren gerufen wird, und nimmt auch mich mit. Wir durchqueren die Gärten mit Vorsicht, denn verirrte Kugeln pfeifen durch die Büsche,

eine oder zwei prallen an den Bäumen ab und lassen Erdklumpen aufspritzen. Mit unverhüllter Erleichterung gehe ich durch die Veranda der Botschaft und frage mich, wie ich zurückkommen soll.
»Die Situation ist im Moment unkontrollierbar«, sagt der Botschafter. »Wir haben um die Hilfe der benachbarten afrikanischen Länder ersucht, aber ich frage mich, wie diese aussehen könnte. Die Amerikaner, die Engländer und die Franzosen haben um den Einsatz der Marine gebeten, doch ich bin mir nicht sicher, inwieweit das sinnvoll ist. Man kann die Folgen einer Landung der Marine oder mit Hubschraubern für die Sicherheit des Compound nicht voraussehen. Der Botschafter der USA hat Militärs mit automatischen Waffen und Bazookas rund um die Botschaft aufstellen lassen. Ich bitte Sie alle, Ihre Waffen ständig bei sich oder in Reichweite zu haben. Jetzt kämpft jeder für sich.«
Zaniek und ich gehen in den Chiffrierraum, um die zwei Depeschen per Satellit zu verfassen, die eine an das Außenministerium, die andere, auf Bitten von Eysterck, an das Verteidigungsministerium.
Eine Stunde ist ungefähr vergangen, als Zaniek und ich wieder ins Haus zurückkommen. Pipes ist fort, gerufen von seiner Botschaft, und seine Frau ist ihm gefolgt, doch zu meiner Überraschung sehe ich Mommersley, der dabei ist, Mangokompott zu verspeisen. Der Kampflärm hat sich zur Independence Road entfernt.
»Wie sind Sie hergekommen?«
»Durch die Liebe«, antwortet Mommersley spöttisch.
Louise untersucht einen Revolver, einen Neun-Millimeter-Astra-Compact, den ihr ein Angestellter der britischen Botschaft hat bringen lassen. Sie schiebt die Kugeln in den Lauf und prüft den Abzugshahn. Mommersley stellt die leere Schale auf den Tisch zurück.

»Das ist köstlich, Louise, Liza, Madame Bo. Wir haben heute abend Hühnchen gegessen, aber kein Kompott.« Er wendet sich mir zu: »Es gibt keine Wachen mehr am Independence Beach. Ich bin deshalb über den Strand gekommen.«
»Das ist außerordentlich«, bemerkt Glaser. »Wir sind nicht mehr umzingelt, doch wir bleiben Gefangene.«
»Wir können immer noch übers Meer abhauen«, sage ich und denke an das Boot, das der Botschafter hat instand setzen lassen.
»Ein Diplomat verläßt seinen Posten nicht«, meint Glaser und zündet sich eine Zigarette an. »Ein Mann auch nicht. Wenn das Boot bewaffnet wäre, hier und bereit zum Auslaufen, würde keiner einsteigen. Wir wollen alle doch nur wissen, was wir vor unserem Schicksal sind.« Ein Schmetterling läßt sich direkt auf seinem Kopf nieder; Glaser hebt den Blick und lächelt. »Sie haben nicht einen Spiegel in Ihrer Tasche, Margo?« Sie reicht ihm den Spiegel, und er betrachtet den Schmetterling. »Ein Männchen«, bemerkt er, »jetzt, da wir diese Situation gefunden haben, würde keiner von uns sie um alles in der Welt verlassen.«
Eine Ginflasche, von der ich nichts wußte, leuchtet im Licht der Kerzen; sicher hat Mommersley sie mit einem Dutzend Zitronen mitgebracht.
»Sie alle sind jung«, sagt eine leise, brüchige Stimme. »Sie glauben noch an die Wahrheit, Sie inbegriffen, Glaser. Es gibt keine Wahrheit, es gibt nur den Anstand. Ihre Besessenheit von einer Wahrheit, die an einer Straßenecke auf Sie warten soll, unter einem Banyanbaum oder in einem Zimmer, ist eine Fiktion für junge deutsche Mädchen, und diese Fiktion bewirkt, daß Sie sich unmöglich benehmen.« Alle sehen überrascht auf Felicia. »Seit mehr als vierzig Jahren lebe ich in Georgetown«, fährt die alte Dame fort. »Man spielte Tennis und Kricket, samstags gab es einen Ball, für einen Monat fuhr

man nach England zurück, die Männer trugen Shorts und weiße oder schwarze Strümpfe, wenn es heiß war, die Frauen Kleider aus Mousseline, und wir waren auch nicht unglücklicher. Jetzt schleppen Sie alle im Namen Ihrer Freiheit oder Ihrer Wahrheit unglaubliche Neurosen mit sich herum, Sie gehen barfuß und schlafen kreuz und quer miteinander.«

Mommersley und ich brechen in Gelächter aus. Zaniek ist verlegen.

»Ich schleppe eine Neurose mit mir herum, Felicia?« fragt Louise.

»Sie wie alle anderen, Louise. Sie langweilen sich wie ein Uhu tagsüber, und Sie spielen mit den Leuten perverse Patiencen.«

Ein fragender Blick von Louise.

»Louise, Sie haben sich scheiden lassen, weil Sie Frauen lieben, und Sie ziehen Afrikanerinnen vor, denn in Afrika hat das ja keine Konsequenzen, weil die Homosexuellen beiderlei Geschlechts keine Kinder machen. Doch Sie wissen sehr gut, Louise, daß eine Afrikanerin nicht ein Leben ausfüllen kann.«

Selena wird von einem wilden Lachanfall gepackt.

»Nun«, fährt Felicia fort, von der ich nicht geahnt habe, daß sie einen gutgefüllten Gin mit Zitrone herunterspülen könnte, »Sie haben mit Margo gespielt. Sie haben sie vor zwei unmögliche Alternativen gestellt, den Franzosen, dessen Namen ich vergessen habe und der verrückt nach ihr war, und unser hervorragender Craig Mommersley, den wir hier haben, der viel hübscher ist, doch der sie deshalb auch nicht heiraten wird. Sie hat natürlich den Hübscheren gewählt.«

»Woher wissen Sie, daß ich Margo nicht heiraten werde?« fragt Mommersley, der erstaunlich unbefangen ist.

»Weil Margo Sie nicht heiraten wird, Craig. Im Bett ist es ja

ganz nett, doch in einer Dreizimmerwohnung in einem modernen Gebäude in Accra oder Abidjan zu leben, das ist etwas anderes.«
»Es gibt doch nicht nur die Ehe«, sagt Margo nachdenklich.
»Nein, aber sie hilft.«
»Sie glauben nicht an die Liebe«, stellt Margo fest.
»Glauben Sie selber daran, Margo? Oder ist es nicht so, daß Sie Angst vor der Stunde haben, die naht und in der Sie Felicia Cook ähneln werden?« fragt Felicia, deren Augen im Licht der Kerzen und Petroleumlampen glitzern.
»Vielleicht lieben Sie die Schwarzen nicht«, meint Glaser sanft.
»Was sollen diese lächerlichen und rassistischen Reden, Siegfried?« erwidert Felicia.
»Rassistisch?« gibt Glaser erstaunt zurück.
»Ja, rassistisch! In all der Zeit, die Sie Afrika bereisen, von Ägypten bis Kamerun und von Mauretanien bis zum Kap, müssen Sie doch gemerkt haben, daß es sowohl bei den Afrikanern als auch bei allen anderen schätzenswerte Menschen und Lumpen gibt. Zu sagen, daß ich die Schwarzen nicht liebe, ist Rassismus umgekehrt, und es ist so absurd, als wenn man sagte, daß ich die Belgier oder die Mexikaner nicht liebe!« Sie schenkt sich Gin ein und drückt mit ihren knochigen Fingern eine halbe Zitrone aus. »Das ist sehr guter Gin, Craig.«
»Natürlich, das ist englischer Gin«, erwidert Mommersley.
»Sie machen also auch in Afrika Gin?« fragt Felicia zurück.
»Spielen Sie nicht den Neunmalklugen, Craig Mommersley. Sie sind ein großer Fuchs, aber ich bin ein altes Affenweibchen.«
Gewehrschüsse, die sich scheinbar entfernt hatten, nähern sich wieder. Schreie ertönen um das Haus herum. Schatten laufen im Garten herum, dann hört man Hämmern an der

Tür. Ich gehe öffnen. Die Tür wird von außen so heftig aufgestoßen, daß ich das Gleichgewicht verliere. Es erscheint ein Schwarzer im Kampfanzug, das Visier seines Helms nach hinten geschoben, das Maschinengewehr im Arm auf uns gerichtet.
»Sie sind auf Diplomatengelände!« sage ich erstickt vor Wut. »Wo ist Ihr Anführer?« Er wirft mir einen mitleidigen Blick zu, begleitet von einem fetten Grinsen, doch er antwortet nicht. »Wo ist Ihr Anführer?« frage ich noch einmal laut. »Raus hier!« Und ich schreie: »Eysterck! Eysterck!«
Ich bekomme einen Faustschlag ins Gesicht, der so grob ist, daß ich schwanke. Ich kauere mich an die Wand.
»Alle aufstehen!« befiehlt der Schwarze. »Die zwei Huren her zu mir!«
Aus den Augenwinkeln sehe ich sie alle, Glaser, Mommersley, Selena, Zaniek, Louise, Margo, Liza, Madame Bo, ihre Gesichter nicht mehr menschlich, sondern mit einem Ausdruck tierischer Dummheit. Nur Felicia Cook bleibt sitzen, wendet nicht einmal den Kopf zu dem Eindringling hin und trinkt in aller Ruhe ihren Gin.
»Hören Sie«, beginnt Mommersley, »ich bin Diplomat und...«
»Ruhe, du Salonaffe!« brüllt der Schwarze.
Eine Gewehrsalve läßt den Leuchter, der sowieso ausgelöscht war, in einem Diamantenregen zerbersten.
Dann wieder Schüsse, geheimnisvoll, der Schwarze bricht zusammen, Blut sickert aus seinem Bauch.
Wir bleiben unbeweglich einen unendlichen Augenblick da stehen, die Blicke auf den Soldaten gerichtet, dessen Blut weiterfließt und um ihn herum eine Pfütze bildet, die sich bis zu meinen Füßen ausdehnt. Nun erst finde ich die Kraft, aufzustehen, um nicht von diesem Blut infiziert zu werden, das schon zu stocken beginnt. Was mich verblüfft, ist das vollkom-

mene Verstummen der Anwesenden. Drei Schmetterlinge fliegen im Zimmer, ihre verschwenderische Sanftheit ist unversehrt geblieben, und mein Blick folgt ihnen, liebevoll und dümmlich. Dann ertönen Stimmen, es klingt wie eine heftige Auseinandersetzung im örtlichen Dialekt. Fünf Militärs erscheinen, ich weiß nicht, ob es Shantis oder Dioys sind, sie betrachten einen Augenblick die Leiche, die dort mit gespreizten Beinen liegt, sehen uns an, deuten ein Lächeln an und reichen uns die Hände, wobei sie immer wieder kopfnikkend sagen:
»Sorry! Excuse us! Sorry! Sorry!«
Sie schleppen die Leiche an den Achselhöhlen hinaus.
Da taucht Eysterck auf, sehr bleich.
»Rühren Sie die Leiche nicht an! Holen Sie Ihren Anführer!«
Er hält einen Revolver in der Hand und zielt auf sie, was für ein Irrsinn! Die drei Botschaftssekretäre kommen ebenfalls, die Revolver auf die Militärs gerichtet. Zaniek und Mommersley stehen auf, den Revolver in der Hand. Innerhalb weniger Minuten kommen auch Leute aus der Nachbarschaft, die durch die Schüsse aufgeschreckt wurden, auch sie mit gezückten Revolvern. Während ein blödsinniges Gespräch zwischen Eysterck und den fünf Männern stattfindet, die sich offenbar in ihrer Haut nicht wohl fühlen, ein Gespräch, das aus zwei Repliken besteht: »Holen Sie Ihren Anführer!« – »Verzeihen Sie, das ist ein Irrtum«, kommt nun auch der Militärattaché der USA, gefolgt von sechs bewaffneten Marines mit Maschinengewehren im Anschlag. Die fünf Militärs, von denen sich schnell herausstellt, daß es Dioys sind, erkennen, daß sie bei der geringsten verdächtigen Bewegung zu Hackfleisch gemacht werden. Der amerikanische Militärattaché hält eine Rede über die Verletzung von diplomatischem Gelände und hört sich dabei sehr em-

pört an. Einer der Militärs darf den Compound verlassen, um seinen Chef zu holen.
Im Haus fängt Liza an zu brüllen, die einem Nervenzusammenbruch nahe ist. Margo verabreicht ihr zwei Ohrfeigen, die einen Gorilla zum Taumeln gebracht hätten. Liza weint. Margo tröstet sie.

9

Boniface Barrington in Person kommt eine Stunde später. Rundes Gesicht, kleine, tiefliegende Augen, die ständig von einem zum anderen blicken. Hat man dem da früher die Mysterien des Glaubens beigebracht? Gefolgt von einem jungen Mann mit eleganten Bewegungen, seinem Adjutanten oder wem auch immer, stellt er sich, die Zigarette im Mund, einer Menge von ungefähr zweihundert Menschen, unter denen sich mein Botschafter sowie die der Vereinigten Staaten, Frankreichs, Deutschlands und aller möglichen anderen Länder befinden.

Es beginnen Palaver, in deren Verlauf alle es für bewiesen halten, daß ich den Eindringling getötet habe, ohne daß ich auch nur die geringste Erklärung abgegeben habe. Barrington hört diesen Reden mit einer impertinenten Ungeduld zu und zündet sich dabei eine Zigarette nach der anderen an. Glaser betrachtet ihn aus zusammengekniffenen Augen. Zwei Abtrünnige. Zwei Schicksale.

»Unsere gemeinsame Entscheidung ist es, uns nicht in die Belange des Landes einzumischen«, erklärt der Botschafter der USA, »sondern die Vereinbarungen zu respektieren, die mit der Regierung dieses Landes feierlich abgeschlossen wurden. Wenn sich so ein Vorfall wiederholte, würden wir es alle einmütig als gegeben ansehen, daß Sie nur gefährliche Räuber sind, die man sofort erschießen muß, und wir würden militärische Maßnahmen ergreifen, die nötig sind, um das Land von solchen Räubern zu befreien. Zum letztenmal, Barrington, ich erinnere Sie daran, daß es Ihnen strengstens untersagt ist, Ihnen und Ihren Männern, das Territorium der diplomatischen Missionen zu verletzen, bei Strafe von unmittelbaren Sanktionen. Unsere Wachen werden Sie ans Tor des Compound begleiten.«

Barrington wirft den Zigarettenstummel zu Boden, den er im Mundwinkel hatte, und zertritt ihn wütend.

»Sie sind alle nur eine Bande von Faschisten!« schreit er, bevor er auf dem Absatz kehrtmacht.

Die vier Soldaten, die als Geiseln gehalten wurden, schleppen die Leiche hinter ihm her, ein Gefolge aus Marines und bewaffneten Wachen bringt ihn zur Tür.

»Dieser Pfaffe ist noch schlimmer als Akouli!« grummelt Wacheux.

»Wo ist übrigens Akouli?« frage ich.

»Im Präsidentenpalast. Nach den Geplänkeln vom frühen Abend haben Barrington und er einen Waffenstillstand geschlossen und haben sich geeinigt, gemeinsam Druck auf die diplomatischen Missionen auszuüben.«

Der Botschafter packt mich am Arm.

»Es ist fast zehn Uhr morgens, Sie müssen erschöpft sein. Wir werden morgen früh den Bericht schreiben.«

Ich gehe nach Hause, doch ich kann die Tür nicht schließen; Madame Bo wäscht das Blut ab. Ich lasse mich in einen Sessel fallen.

»Wer hat geschossen?« frage ich.

»Ich«, antwortet Felicia. »Sie schulden mir eine neue Tasche. Madame Bo, wenn Sie fertig sind, können Sie mich dann nach Hause begleiten?«

Alle stehen auf. Margo nimmt mich in die Arme, die erste Geste der Zuneigung, die sie mir zugesteht. Ich drücke sie auch an mich, ohne zu wissen warum, ich bin den Tränen nahe.

Ich falle aufs Bett. Liza löscht die Kerzen, dreht die Dochte der

Petroleumlampen herunter und legt sich ohne ein Wort hin, während sie in einem einzigen Seufzer ausatmet. Unmerklich zittere ich. Ich möchte sie lieben, doch was Felicia gesagt hat, hat den Faden eines Spinnennetzes zerrissen, der mich mit Liza verband. Sie schmiegt sich an mich.
Ein Kind. Sie bewirkt, daß ich mich alt fühle. Die Welt, wie ich sie heute nacht sehe, mit dem Geruch nach Blut und ausgelöschten Kerzen, ist nur eine Angelegenheit von Alt und Jung. Jungen Idioten und Alten, die zuviel wissen.
Sie schiebt ein Bein zwischen meine.
»Love me.«
Man erkauft sich seine Sicherheit, wie man eben kann. Was sind Huren anderes als Sklaven? Liza ist doppelt schwarz. Sie schluckt ihre Schreie herunter, erstickt durch meine Hand. Als ich einschlafe, küßt sie mir die Füße. Mächtig zu sein ist ein Leiden. Ich begreife … Ich begreife, daß Alexander … mit sechsunddreißig Jahren gestorben ist …
Als ich wie zerschlagen aufwache, hat sie schon Kaffee gemacht, den Tisch abgeräumt und das Geschirr abgewaschen, das Madame Bo übriggelassen hat; sie hat das kaputte Glas zusammengefegt und die Kissen wieder in Form gebracht, die die Rohrstühle schmücken; sie hat irgendein Putzmittel gefunden, mit dem sie, gerade als ich das Schlafzimmer verlasse, die Blutspuren wegreibt, die das feuchte Tuch, das Madame Bo benutzte, auf den Fensterrahmen im Flur hinterlassen hat. Nach der Dusche rasiere ich mich; ich habe mir noch nicht alle Seife aus dem Gesicht gewaschen, als der Wasserhahn zu spucken beginnt, hustet und seinen Geist aufgibt. Der Vorfall bringt mich zum Nachdenken. »Sie« haben wahrscheinlich die Wasserversorgung unterbrochen. Ich ziehe mich nachdenklich an. Es war schon mühsam, ohne Strom zu leben; aber ohne Wasser!
Ein paar Minuten später klopft Eysterck an die Tür.

»Diese Schurken haben die Wasserversorgung gekappt!«
»Das war vorauszusehen«, sage ich, obwohl ich überhaupt nichts vorausgesehen habe. »Wir können uns im Meerwasser baden, am Strand. Der ist doch immer noch diplomatisches Territorium, oder?«
»Wollen Sie Salzwasser trinken?« fragt Eysterck ungläubig.
»Wir werden eben das Wasser aus dem Swimmingpool kochen«, meine ich hilflos.
»Womit?«
Das wird das Thema sein, über das man in der Verwaltung den ganzen Tag reden wird. Nur sieben von zweiundzwanzig Botschaften haben Swimmingpools. Ein Beratungsgremium der Diplomaten beschließt, dieses Wasser zum Trinken zu reservieren, zwei Liter pro Person und pro Tag. Maugras, den ich im Garten treffe, informiert mich, daß wir nach seinen Berechnungen auf dem ganzen Gelände höchstens Trinkwasser für viereinhalb Tage haben.
»Danach«, sagt er mit einem schiefen Lächeln, »müssen wir eine Entscheidung fällen.«
»Was für eine Entscheidung?«
»Anzugreifen. Zwei Gebäude unserer Marine und drei der amerikanischen Marine liegen auf dem Weg nach Georgetown. Mit den Kampfhubschraubern werden wir die hübsch auseinandersprengen!«
Der Botschafter hat angeordnet, daß das Wasser aus den Swimmingpools nur abgekocht getrunken werden darf. Da es nicht in Frage kommt, unsere Brennstoffreserven damit zu verschwenden, Wasser auf den Herdplatten des Restaurants und der Verwaltungen zu kochen, wird man kleine Holzöfen zu diesem Zweck bauen, beschließt er. Mein Botschafter erstaunt mich immer wieder durch seine Mischung aus Phlegma und Erfindungsgeist.
Die Gärtner brechen die niedrigeren Äste der Eukalyptus-

bäume und der Araukarien ab. Unser Beispiel wird von allen Botschaften befolgt. In einer Woche wird es nicht mehr viele Bäume auf dem Gelände geben. Oder nicht mehr viele Menschen. Bei Sonnenuntergang kann man die blauen Rauchsäulen nicht mehr zählen, die vom Diplomatengelände aufsteigen. Die wenigen Frauen, die geblieben sind, stehen dort Schlange mit Becken, die sie in den Swimmingpools gefüllt haben, und plaudern miteinander.

In der Botschaft, die durch einen Transformator gespeist wird, strahlt der Fernsehsender CNN, dessen Korrespondent sich auf geheimnisvolle Weise ins *Georgetown Metropole* hineingeschlichen hat, Bilder und Informationen aus, die wir nicht kennen. Die Flüchtlinge aus den zwei Kathedralen sind nach der Ankunft Barringtons freigelassen worden. Man hat versucht, sie fürs Militär anzuwerben; mehrere sind in den Untergrund gegangen. Das Leben scheint in Georgetown wieder seinen gewohnten Gang zu gehen; auf jeden Fall gibt es Obst und Gemüse, Fleisch und auch Fisch auf dem Markt. Was das Wasser angeht, bedient sich die Bevölkerung aus den Brunnen. Man bietet uns eine Außenansicht des Compound: Truppen sind von der Sebastiano Wilkins Airport Avenue im Süden der Independence Road zusammengezogen worden. Die anderen Botschaftsgelände, wo sich die afrikanischen Botschaften und die der kommunistischen Länder befinden, sind ebenfalls umzingelt. Aber die afrikanischen Botschaften dürfen auf dem Markt einkaufen.

»*This is Charles Aviva, reporting from Georgetown*«, schließt der Sprecher, nachdem er erklärt hat, daß die Hauptstadt keinen Strom mehr hat.

Der Kontrast zwischen dem technischen Fortschritt, der es einem Journalisten erlaubt, via Satellit mit Hilfe von tragbaren Batterien auf Sendung zu gehen, und den mehr als primitiven

Bedingungen, denen wir unterworfen sind, stimmt einige nachdenklich und bringt andere zum Lächeln.
Alle fürchten eine franko-amerikanische militärische Intervention.
Am Strand, wo ich bade und mich erfrische, treffe ich auf Margo und Mommersley, der sagt, er fühle sich auf dem Compound eingesperrt.
»Ich halte es für unabdingbar«, sagt Margo, »ein gesellschaftliches Leben aufrechtzuerhalten, denn ohne das würden wir zu Nervenbündeln werden. Das Essen findet bei mir statt, heute abend. Ich lade Sie mit Liza ein.«
Mein Blick trifft auf den von Mommersley; er kommt mir erloschen vor, oder als ob er leicht auswiche, doch es ist möglich, daß ich mir das nur einbilde.
»Wir werden dieselben wie gestern sein, aber ich habe außerdem den ersten Sekretär der deutschen Botschaft, Konzelmann, eingeladen«, fügt Margo hinzu.
»Wie wollen Sie kochen?«
»Es gibt das Gemüse, das Craig gestern gebracht hat, und Mario hat noch viel Fisch.«
Die Kühlschränke der Botschaften quellen übrigens über vor Fisch. Wenn ich jemals aus diesem Alptraum herauskomme, werde ich lange Zeit keinen mehr essen.
Auf dem Weg zum Haus schließt sich mir Zaniek außer Atem an: Marie-Louise ist am Telefon der Verwaltung, denn diese Apparate funktionieren noch. Ich laufe schneller und zwinge mich, mich nicht aufzuregen, damit ich nicht schwitze. Marie-Louise ist fast hysterisch, und ich mache sie sanft darauf aufmerksam. Seit zwei Tagen versucht sie, mich anzurufen, aber die Leitung ist ständig besetzt, sie ruft mich vom Ministerium aus an, wie schaffen wir es denn nur ohne Wasser und ohne Strom? Sie läßt den Fernseher nicht aus den Augen. Ich mahne sie, ruhig zu sein. Im Moment essen wir sehr gut, wir

erhitzen das Wasser auf Holzfeuer, alle Leute bewahren die Nerven... Sie explodiert! Wie soll man seine Nerven bewahren! Sie weiß sehr gut, was letzte Nacht passiert ist! Ich mußte mich Mann gegen Mann verteidigen, sie weint, sie schreit, daß sie die Neger haßt, eine Stimme neben ihr scheint sie energisch zur Vernunft zu rufen, es ist Van Houdt, sie bittet mich, sie zu entschuldigen, sie betet für mich, die Verbindung wird gnädigerweise unterbrochen.
Wozu dient nur die Phantasie? Treibt sie sich lediglich auf den Pfaden des Egoismus herum? Wenn es die Liebe gibt, kann sie dann nicht bewirken, daß eine Ehefrau den Geisteszustand ihres Gatten in der Ferne ein bißchen genauer einschätzt? Hat Marie-Louise mich nie angesehen? Hat mich im Grunde je eine Frau angesehen? Sieht überhaupt je ein Mensch seinen Nächsten an?
Ich habe mich so erhitzt, daß ich umkehre, um mich ins Meer zu stürzen.
Als ich heimkomme, hat Liza sich frisch gemacht und wischt sich Gesicht, Dekolleté und die Arme mit einem Handtuch ab, das sie in Süßwasser getaucht hat.
»Um das Salz abzuwaschen«, erklärt sie lächelnd.
Im Schlafzimmer finde ich auf einem Bügel das Hemd, das ich heute morgen zerknittert und durchnäßt dagelassen hatte, trocken und gebügelt, wie sauber, vor. Sie erklärt mir, daß sie es im Salzwasser gewaschen und dann gebügelt hat. Wie gebügelt? Sie hat das Eisen auf den glühenden Steinen eines der Herde erhitzt... Ich lache; sie lacht auch. Doch mein Lächeln verlischt, als ich an Marie-Louise denke.
Als Aperitif trinken wir bei Margo die Flaschen, die es in allen Bars gibt, wenn auch nur als Ausstellungsstücke, und die leise und gleichgültig vor sich hin altern, Aquavit, Sherry, Sliwowitz, was weiß ich, und wir verlängern sie mit abgekochtem Wasser.

Es ist mein erster Besuch bei Margo. Man kann auf dem Compound und vor allem in einem Bungalow, den man für einige Tage oder einige Wochen gemietet hat, kaum von Dekoration sprechen. Und doch hat Margo eine Ausstattung geschaffen, die Aufmerksamkeit weckt. Afrikanische Stoffe mit geometrischen Mustern sind an den Wänden befestigt oder mit beneidenswerter Lässigkeit über Sitze geworfen. Eine große Skulptur aus Gabun, eine Frau mit spitzen Brüsten und zylindrischen Beinen, glänzt vor einer weißen Wand, eine Tschokwé-Maske beherrscht mit ihrer kriegerischen Grimasse eine andere Wand, ein Nagelfetisch aus Zaire scheint im Schatten eines Straußes aus gemischten roten Blumen zu wachen, aus leuchtenden Blüten, Tulpen und Hibiskus. Hier spricht alles von einer schwelgerischen Wildheit, von einem inneren Zufluchtsort im Sinne einer fundamentalen Menschlichkeit, die in uralten Zeiten existiert haben soll, bevor die Druckindustrie und die Hertzschen Wellen die Worte bis ins Unendliche vervielfacht haben. Unbehagen packt mich bei dem Gedanken, daß Margo vielleicht nicht von den beiden Morden aufgewühlt worden ist, deren Zeugen wir zwei Abende hintereinander geworden sind, und daß sie das Blutvergießen als einen ebenso banalen Vorfall betrachten könnte wie die Blüten, die sie abgeschnitten hat, um damit ihr Haus zu schmücken. Ein weiteres Unbehagen befällt mich: Haben mich denn diese Verbrechen wirklich verstört? Drei Stunden später habe ich schon wieder mit Liza Liebe gemacht. Und als Glaser ankommt, bringt mich das völlig aus der Fassung. Vor achtundvierzig Stunden lag der Kopf seines Geliebten auf seinen Knien, doch gestern ist er mit uns essen gegangen, ohne besondere Gefühlsregungen zu zeigen. Ein weiterer Mord wurde gestern vor seinen Augen verübt, und ich bemühe mich, mich daran zu erinnern, welchen Gesichtsausdruck Siegfried Glaser während dieser Augenblicke hatte, doch es

bleibt Tatsache, daß er auch heute abend bei uns ist und daß er lächelt, wenn auch ein etwas trauriges Lächeln…
»Träumen Sie?« fragt mich Louise.
»Entschuldigen Sie, ich habe Margos Haus bewundert.«
»Der Nagelfetisch ist sehr schön, nicht wahr? Es ist ein religiöser Gegenstand, kein Schmuckobjekt. Nichts bei Margo ist nur Schmuck, alles, was sie macht und sagt, hat einen Sinn.«
Aus ihrem Ton erahne ich, daß Louise in Margo verliebt gewesen ist und es geblieben ist. Ich selber…
Das bläuliche Licht der Lampenschirme auf den Petroleumlampen scheint auf den Abschied der letzten Indigospuren am Himmel zu antworten. Wenn man diese Szene fotografierte, würde keiner, der später das Bild sähe, ahnen, daß es Menschen unter einem Belagerungszustand darstellt, deren Leben in ständiger Gefahr ist.
Konzelmann kommt herein, elegant und frisch, aber schon mit einem Bart. Der Deutsche macht Komplimente und berichtet dann, Pépé Akouli und Boniface Barrington haben an alle Botschaften eine gemeinsame Nachricht gerichtet, in der sie androhen, die Belagerung des Compound jahrelang aufrechterhalten zu können. Sie erklären auch, daß sie eine provisorische Regierung geschaffen, das Kriegsrecht verhängt und alle Verträge für ungültig erklärt haben, die vorher von Sebastiano Wilkins geschlossen worden sind. Schließlich erwähnen sie noch die Möglichkeit des Abbruchs der diplomatischen Beziehungen.
»Wurde das in dieser Reihenfolge gesagt?« frage ich.
»Genau«, antwortet Konzelmann.
Diese Nachricht ist wohl nach meinem Fortgehen in der Verwaltung eingetroffen. Ich weiß schon, daß wir morgen den Aufständischen den »dritten heftigen Protest« seit dem Beginn der Belagerung übermitteln werden.
»Schauen wir, was das Ereignis dieses Abends sein wird«, sagt

Mommersley. »Die Rebellen besaufen sich nach Sonnenuntergang. Ich nehme an, daß sie sich auf der Independence Road amüsieren.«
Die Gesichter von Selena und Liza haben sich bei der Erwähnung dieses soldatischen Zeitvertreibs verschlossen.
»Die Chinesen setzen die Soldaten gleich vor die Bauern in der sozialen Hierarchie. Ich nehme an, weil der Militärstand die rohesten Seiten im Menschen herausbildet«, sagt Glaser.
»Die chinesische Hierarchie hätte früher die preußische Militärkaste sehr geschockt«, protestiert Konzelmann. »Ein preußischer Offizier war vor allem ein Edelmann.«
»Alle organisierten Gruppen entwickeln die rohesten Seiten im Menschen«, bemerkt Margo, »weil sie das Individuum eben auf den Stand einer Zelle ohne Eigenständigkeit herabsetzen. Ein Individuum, das keinen Sinn für freie Entscheidung hat, wird amoralisch.«
»Aber Gesetze sind doch immerhin nötig, oder?« fragt Zaniek schüchtern.
»Wenn sie das Individuum unterdrücken, sind es keine Gesetze, sondern Zwänge«, antwortet ihm Margo.
»Welche unterdrücken das Individuum?« fragt Zaniek noch einmal erstaunt.
»Alle, die es daran hindern, sich selbst auszudrücken«, erwidert Margo. »Ein Soldat, ein Beamter, ein Magistrat, ein Mönch hat kein Recht, sich selbst auszudrücken. Das sind deshalb falsche Wesen, also schlechte, also amoralische Wesen«, sagt sie mit überraschender Nachdrücklichkeit und redet damit merkwürdigerweise über das gleiche Thema wie Glaser an dem Abend, als er mich so aufregte.
Diese Forderung nach den Prinzipien des Individualismus überrascht im übrigen sogar durch die Worte, mit denen sie erhoben wird, da sie von einer Frau kommt, die ich für eine emotional geprägte Künstlerin gehalten habe. Dann erinnere

ich mich an das erste Gespräch, das ich mit Margo geführt habe.
»Sie vergessen die Diplomaten«, sage ich.
»Ich habe tatsächlich die Diplomaten vergessen«, antwortet Margo lächelnd.
Louise und Madame Bo kommen gerade an, in ihrer Mitte Felicia. Die Anwesenden bescheren der letzteren einen lärmenden und herzlichen Empfang.
»Ah, da ist ja die Walküre!« ruft Glaser. »Haben Sie gut geschlafen, Felicia?«
»Wie ein Kind«, antwortet Felicia und setzt sich. »Und ich habe immer noch meinen Revolver bei mir«, fügt sie hinzu und klopft auf den Makrameebeutel, den sie eher schlecht als recht wieder zusammengebastelt hat.
Liza lacht nervös auf. Wir gehen zu Tisch. Margo hat Wunderdinge vollbracht. Ein Tomatensalat mit Kapuzinerkresse, dessen pikanter Geschmack immer neue Fragen hervorruft, als Vorspeise. Dann kommen Fischschnitzel mit einer Pernodsauce und gekochten Kartoffeln mit Senf. Und als Dessert in Honig gekochte Maiskörner.
»Man ißt besser während dieses Belagerungszustandes als vorher«, bemerkt Konzelmann. »Auf jeden Fall bringt mich Madame Brouckère zum Staunen.«
»Margo, wenn alles vorbei ist, werde ich Ihnen vorschlagen, mit mir ein Restaurant zu eröffnen. Sie sind ein gastronomisches Genie«, sagt Glaser.
»Ich konnte nur zwei Flaschen Wein bekommen«, meint Margo. »Anstatt alle schlecht zu bewirten, habe ich mir die Freiheit genommen, überall etwas Wasser hinzuzufügen.«
»Wasser!« schreit Mommersley.
»Abgekocht«, erklärt Louise. »Und durch ein Laken geseiht.«
»Was haben Sie denn zu Hause getrunken?« fragt Felicia hinterhältig.

Mommersley wirft ihr einen schnellen scharfen Blick zu.
»Der Botschafter der Vereinigten Staaten hat vor, morgen früh einen artesischen Brunnen bohren zu lassen«, sagt Konzelmann. »Während wir auf die Kriegsschiffe warten.«
»Glauben Sie wirklich, daß die Amerikaner und die Franzosen eine militärische Operation unternehmen werden?« fragt Mommersley.
»Ich glaube, sie sind entschlossen, die Situation unter diesen Umständen nicht noch schlimmer werden zu lassen.«
»Warum halten sie so an Wilkins fest, das fragt man sich doch«, sagt Mommersley, als ob er laut dächte.
»Aus Treue zum einmal gegebenen Wort. Wenn sie Wilkins seinem Schicksal auslieferten, das heißt einem grausamen Tod, würde man sie in Afrika nicht mehr respektieren«, antworte ich.
»Aber wirklich«, fährt Mommersley fort, »eine militärische Operation wäre äußerst riskant! Wenn es eine Landung oder ein Eingreifen per Hubschrauber gäbe, könnten wir alle von den Aufständischen getötet werden...«
»Ich glaube, daß die Strategen einer solchen Operation, die, vergessen wir das nicht, darauf abzielt, den Schutz des Personals der diplomatischen Missionen zu sichern – zweifellos durch deren Evakuierung –, daß diese Strategen sich der Risiken voll bewußt sind«, antwortet Konzelmann. »An ihrer Stelle würde ich zunächst Lufthoheit anstreben, die es ermöglicht, den Kordon der Truppen zu neutralisieren, die den Compound umstellen. Unter dieser Sicherung des Luftraumes würde ich dann die Landung vornehmen, zum Beispiel mit Hilfe von Schaluppen, damit die Evakuierung unter den besten Bedingungen vor sich gehen kann.«
»Es kann trotzdem Tote geben«, wendet Mommersley ein.
»Zweifellos«, gibt Konzelmann zu.
»Haben Sie Angst zu sterben?« fragt Louise Mommersley.

»Alle Menschen...«, beginnt Mommersley.
»Ich nicht«, unterbricht ihn Felicia. »Ich finde nicht, daß eine Gehirnblutung oder ein langsames Dahinsiechen besser wären. Man muß doch schließlich sterben, oder?« meint sie und schenkt sich einen Sliwowitz ein.
»Aber Sie gehen doch kein großes Risiko ein, Sie als Diplomat auf Ihrem Südgelände«, bemerkt Konzelmann und wendet sich wieder an Mommersley. »Die Aufständischen werden sicher nicht die afrikanischen Missionen angreifen.«
Margo folgt der Unterhaltung mit einem nachdenklichen Blick.
»Können wir die Fenster öffnen?« fragt Zaniek.
»Es stimmt, es ist sehr heiß«, sagt Glaser und fächelt sich mit einer Pappe Luft zu.
»Die Fenster gehen aber direkt auf die große Straße hinaus«, sagt Margo und steht auf, um die Vorhänge aufzuziehen. »Die Soldaten werden wieder das Haus stürmen.«
Der Bungalow liegt tatsächlich an der Grenze des Compound, genau wie der von Felicia Cook und die meisten der Häuser, die für Gäste auf der Durchreise reserviert sind.
Margo öffnet das Fenster, und eine Wolke aus Schmetterlingen strömt ins Haus, Eintagsfliegen, die sich in silbrigen Flokken um die Lampen und Kerzen verteilen, wie eine Festdekoration.
»Es liegt ein Unwetter in der Luft«, meint Liza.
Margo bleibt beim Fenster stehen, vertieft in einen geheimnisvollen Anblick.
»Kommt mal«, flüstert sie.
Ich gehe zum Fenster. Im Schein der Fackeln, die die Aufständischen in einigermaßen regelmäßigen Abständen entlang der Straße neben dem Compound aufgestellt haben, erkennt man in ungefähr zehn Metern Abstand sehr gut die Soldaten, die Wache halten. Wegen der Hitze haben mehrere von ih-

nen das Hemd ausgezogen, das sie durch ein Stück Stoff unter den Gürtel geklemmt haben. Ihre nackten Oberkörper glänzen wie feuchte Bronzefiguren, doch das ist nicht der Anblick, der Margo gefangenhält. Mehrere der Soldaten tragen auffallende Perücken. Der eine hat auf seinem Kopf einen langen blonden Haarschmuck, der ihm den Rücken herunterfällt, ein anderer eine Mähne aus rötlichen Locken, ein dritter eine silberblonde Frisur mit Rechtsscheitel... Man kann ungefähr zehn dieser Perücken zählen. Ich erkenne sie wieder: Sie schmückten das Schaufenster des Friseursalons »High-Life« neben dem *Metropole*, der zweifelsohne geplündert worden ist. So herausgeputzt und mit der Kalaschnikow unter dem Arm, tanzen die Soldaten lachend und wackeln mit den Hüften auf eine nachdrückliche, laszive Weise. Die längsten Perücken fallen in Locken den Rücken herunter. Sie merken schließlich, daß wir sie beobachten, und wenden sich uns zu, tanzen jedoch weiter. Sie heben die Arme, sagen Dinge, die man nicht verstehen kann, sicher Obszönitäten, und lachen schallend. Margo hebt lächelnd einen Arm. Zwei von ihnen, die sich, das Gewehr in der Luft, mit dem freien Arm um die Taille fassen, deuten eine Art schlangenähnliche Rumba an, reiben sich den Bauch und stoßen spitzes Gelächter aus.
»Es ist besser, wenn wir die Fenster schließen«, sagt Felicia Cook und setzt sich wieder, »sonst führen wir sie noch in Versuchung.«
»*Wir* führen sie in Versuchung?« flüstert Glaser und lächelt.

10

Kurz danach hat es zu regnen angefangen, als alle im Bett waren, ein fetter und warmer Regen, fast klebrig, der auf das Dach und die Blätter pladderte. Er fiel, als ich, feucht und von einem dunklen Entzücken ergriffen, versuchte, mittels meines Geschlechtes Lizas Körper ganz zu besitzen. Wollen die Männer also das? Völlig in die Vagina der Frau eindringen, um dort wieder zum Fötus zu werden? Läßt sich also alles auf die Wiedererlangung des Fötusstatus zurückführen? Kurz bevor ich einschlief, dachte ich auch, daß Liza sehr gut wieder heimgehen könnte; schließlich hatten Shantis und Dioys einen Waffenstillstand unterzeichnet. Ihre Anwesenheit auf dem Compound wird nur noch durch ihre Beziehung zu mir gerechtfertigt. Es ist jedoch sinnlos, sie heimzuschicken und so zu demütigen; in einigen Tagen, vielleicht in einigen Stunden würde die militärische Lösung der Situation unserer unerlaubten Beziehung ein Ende setzen.

Ich hatte Alpträume. Schwarze mit Papageienfedern umtanzten das Bett, und plötzlich waren sie im Bett. Ein erotisches, aber beängstigendes Handgemenge folgte.

Als ich erwachte, schlief Liza an diesem Morgen noch. Vielleicht hatte die Erschöpfung die geheime Wachsamkeit besiegt, die sie bisher bewiesen hatte, denn sie schlief kaum und stand in der Morgendämmerung auf. Vielleicht führt ein Gefühl der Sicherheit auch dazu, seinem Schlafbedürfnis nachzugeben. Wie sie so dalag, ein Bein auf dem Laken, die Hand wie eine Muschel geformt, hätte sie bei mir beinahe wieder

sexuelle Lust geweckt. Ich unterdrückte diese Regung und folgte weiter meinen Überlegungen vom Vorabend, zu denen jetzt noch eine erschreckende Hypothese kam: Wenn man die Bewohner des Compound evakuierte, würde mir Liza dann folgen wollen oder nicht? Es wäre verbrecherisch, sie auf dem Gelände zu lassen und sie so der sicheren Rachsucht der Aufständischen auszuliefern... Aber was sollte ich denn tun, lieber Himmel?
Ich ging, um Kaffee zu machen. Ein Blick zum Fenster hinaus: Alles wirkt ruhig. Im Stockwerk über mir friedliche Schrittgeräusche. Henriettas Stimme erklingt im Garten. Henrietta ist eine der Botschaftssekretärinnen; unterstützt von ihrer Kollegin Missy, bringt sie Eimer herbei, in denen sie das Regenwasser gesammelt hat. Tatsächlich, daran hätte man denken sollen.
»Ich habe fast die ganze Wäsche mit Seife gewaschen!« sagt Missy.
»Es war gut, daß wir uns auch die Haare gewaschen haben, schau nur, wie seidig sie sind«, meint Henrietta.
Sie lachen, während sie die Treppe hinaufgehen.
»Ich habe den Eindruck, daß es tagsüber noch einmal regnen wird«, sagt Henrietta.
Da ich mich nicht mit Regenwasser geduscht habe, nehme ich mein Handtuch und gehe zum Strand hinunter; es sind viel weniger Leute hier als gestern; zweifellos haben auch noch andere als Henrietta und Missy den Einfall gehabt, ihre Waschungen mit Hilfe des Unwetters vorzunehmen. Als ich das Wasser verlasse, erkenne ich Margos Silhouette, sie trägt einen blau-schwarz gestreiften Badeanzug; ich gehe auf sie zu. Als ich mich ihr nähere, fällt mir ihre müde Haltung auf. Ihr Gesicht wirkt angespannt.
»Viele Leute haben sich mit Regenwasser gewaschen«, sage ich. »Wir haben fast den ganzen Strand für uns.«

»Ich habe mich auch mit Regenwasser gewaschen«, sagt sie fast mechanisch und wendet den Blick ab.

Ein wenig aus der Fassung gebracht, frage ich mich nach dem Grund für ihre offensichtliche Kälte und fahre fort:

»Ihr Essen war wunderbar!«

Sie antwortet mit einem düsteren Blick, und ich bereite meinen Rückzug mit symbolhaften Gesten vor, die bedeuten sollen, daß man nun seine Tätigkeit wieder aufnehmen wird. Ich ziehe meine Sandalen an, schlinge mir das Handtuch um die Hüften, mache einen Schritt rückwärts.

»Ich habe das Gefühl, ich störe Sie«, sage ich. »Ich werde mich verabschieden.«

Wieder ein verdrossener Blick. Sie senkt die Augen.

»Verzeihung«, sagt sie dann. »Er ist fort.«

Ein ewiger Orgelpunkt. Haben sie sich gestritten?

»Sicher wird er heute abend wiederkommen«, sage ich, wenn auch wenig überzeugt.

»Fort«, wiederholt sie. »Er will nicht für mich sterben.«

Die Absurdität dieses Satzes macht mich sprachlos. Ich brauche mehrere Augenblicke, um zu verstehen, was Margo sagen wollte: Mommersley wollte nicht *wegen* ihr sterben, indem er auf dem Compound blieb, sollte es eine amerikanisch-französische Intervention geben. Doch Margo weiß sich sehr gut sprachlich auszudrücken. Die tragische Konnotation ihres Satzes ist sicher kein Zufall. Oder aber Margo hat sich verraten. Mommersleys Abgang wird als ein Verleugnen der Liebe interpretiert, die sie sich vielleicht geschworen hatten. Oder aber sie glaubte, daß sie sie sich geschworen hatten.

»Konzelmann wird ihm angst gemacht haben«, sage ich.

»Es gibt furchtlose Kinder und ängstliche Kinder«, meint sie. »Ein Perückensoldat wäre zweifellos nicht geflohen.«

»Es gibt keine Helden«, behaupte ich.

»Vor allem nicht bei den Diplomaten«, antwortet sie mit einem halben Lächeln.
Glaser gesellt sich zu uns, in seiner ein wenig lässigen Art, den Kopf leicht geneigt, in einer Haltung, die unmerklich an Herausforderung und Frechheit erinnert.
»Hello!« sagt er. »Ich erfahre, daß alle den Regen genützt haben, um sich zu waschen, aber ich habe geschlafen.« Er zaubert seine Zahnbürste und seine Zahnpastatube aus einem Plastikbeutel hervor, hebt plötzlich den Blick und fragt geradeheraus: »Stimmt irgend etwas nicht?«
»Alles ist in Ordnung«, antwortet Margo. »Craig ist in seine Botschaft zurückgekehrt. Also werden wir heute abend zum Essen einer weniger sein.«
»Vielleicht hätte man ihn enthaupten sollen«, meint Glaser.
Margo betrachtet den drohenden Himmel.
»Vielleicht«, erwidert sie. »Das wäre weniger schlimm.«
»Ich bin der einzige, der noch kein Essen gegeben hat«, sagt Siegfried Glaser. »Wollen Sie mir die Ehre geben?«
»Wollen Sie, daß ich Ihnen helfe?« fragt Margo.
»Eine doppelte Ehre«, erwidert Glaser.
Es beginnt wieder zu regnen; wir gehen zu den Häusern zurück. Ein dumpfer, rhythmischer Laut läßt den Boden erbeben.
»Das ist der kleine Bagger der amerikanischen Botschaft«, erklärt Glaser. »Sie fangen an, den Brunnen zu graben.«
»Der Angriff steht also nicht so unmittelbar bevor, wie man gesagt hat«, bemerkt Margo.
»Ein artesischer Brunnen kann immer nützlich sein«, antwortet Glaser. »Außerdem hört man den Lärm auch jenseits des Compound, und es wird die Aufständischen verwirren, daß wir uns auf eine lange Belagerung vorbereiten.«
Als ich wieder zu Hause bin, klatscht der Regen hernieder, und ich finde Eysterck mit Liza im Wohnzimmer.

»Man erwartet uns dringend in der Botschaft«, sagt er und trinkt seine Tasse Kaffee aus. »Es gibt Neuigkeiten.«
Hastig ziehe ich mich an. Unter Regenschirmen laufen wir zum Kanzleramt. Der Botschafter, der ein wenig zerzaust aussieht und zweifellos aus dem Bett geholt worden ist, holt Luft, wie er es immer tut, wenn er wichtige Nachrichten zu verkünden hat.
»Man hat mich gerade informiert, daß die amerikanisch-französische Landung heute nacht stattfinden wird. Barken werden um Mitternacht anlegen, um das gesamte Botschaftspersonal zu evakuieren. Die Operation wird unter dem Schutz von Luftstreitkräften, vor allem Hubschraubern, stattfinden, die dazu bestimmt sind, den Truppenkordon zu neutralisieren, der uns umgibt. Bis dahin sollen alle ganz normal ihren Aktivitäten nachgehen. Doch wenn die Sirenen ertönen, müssen alle zum Strand kommen. Alle müssen bewaffnet sein, um sich eventuell gegen die Aufständischen zu verteidigen, die den Independence Beach und den Airport Beach bewachen, oder sogar gegen die Wachen, die versucht sein könnten, von hinten auf das Gelände vorzudringen.«
Wir schlucken schwer.
»Es gibt«, sage ich, »andere Personen auf dem Compound als nur das Personal der Missionen. Es handelt sich um Schwarze, die unweigerlich als Verräter ermordet werden würden, wenn wir sie hier ließen. Ich denke zum Beispiel an Ihren Oberkellner Carlo; sollen wir sie mitnehmen?«
Besorgte Miene des Botschafters.
»Es gibt natürlich eine gewisse Anzahl Schwarzer auf dem Gelände, und nicht nur Hauspersonal. Ich habe hierfür keine Instruktionen, doch es würde mir mißfallen, wenn die Presse und die internationale Meinung uns als zynisch bezeichnete. Ich glaube also, daß man sie mitnehmen muß«, antwortet der

Botschafter, »selbst wenn es, wie das weitbekannt ist, sich um Konkubinen handelt.«
Zaniek errötet bis zu den Haarwurzeln.
»Eysterck, Wacheux und das Sekretariat werden mir helfen, die Papiere auszuwählen, die vernichtet werden müssen. Wir werden sie an Stelle des Heizmaterials in den Öfen, die wir gebaut haben, verbrennen – aber diskret.«
Ich werde dazu bestimmt, die Fernschreiben zu verfassen, die dann Zaniek anvertraut werden.
Ich glaube, in diesem Moment packte mich ein Gefühl, nicht ein Zustand, das der Panik ähnelte, eine fieberhafte Ängstlichkeit, die mich teilweise daran hinderte, in meinen Gedanken ein Minimum an Zusammenhang aufrechtzuerhalten. Ich las dreimal hintereinander dieselbe Zeile, ohne daß es mir gelang, den Sinn zu erfassen. Ich stellte mir die Sirenen vor, die am Strand ertönten, gleich den Trompeten der Apokalypse, und meine Haut wurde schweißnaß. Sollte ich Kleidung mitnehmen?... Je weiter der Tag fortschritt, desto konfuser wurde ich.
»Sie wirken ein wenig angespannt«, sagte Henrietta zu mir, die dabei selber sorgenvoll aussah. »Hier, nehmen Sie das: Das ist der Extrakt der Passionsblume.« Wir kehrten zusammen nach Hause zurück. »Ihre Gefährtin ist sehr nett«, sagte sie dann, was bei mir einen neuen Anfall von Panik auslöste. Wußte denn die ganze Botschaft von Lizas Anwesenheit, aber wie sollte es auch anders sein? Die Gerüchte würden schließlich auch Marie-Louise zu Ohren kommen. Marie-Louise! Ein vages zweidimensionales Phantom, das im Halbschatten des weit entfernten Europa dahinschwebte. »Sie ist auch sehr tüchtig, sie hat hinter dem Haus eine Art Dusche mit einem durchgebohrten Kanister und einer Schnur gebaut. Sie werden sehen, das ist sehr praktisch.« Wir sind zu Hause, und ich erkenne tatsächlich einen Kanister, der auf zwei Brettern

steht, auf den Ästen eines Mangobaums. »Wenn Sie ziehen, hebt sich eine kleine Klappe, und das Wasser fällt heraus. Wenn Sie loslassen, schließt das Gewicht des Wassers die Klappe wieder«, erklärt Henrietta und führt es mir vor. »Ich fülle es von meinem Fenster aus nach«, fügt sie hinzu und kichert. Und sie ruft mit klarer, fast spöttischer Stimme nach Missy.

»Sie sehen nicht aus, als ob Sie sich wegen heute abend große Sorgen machen«, meine ich mit rauher Stimme.

»Wissen Sie, ich lebe für den Augenblick«, erwidert sie mit jenem ein wenig provinziellen Akzent, den sie nie hat aufgeben wollen. »Eine Dusche wird Ihnen sicher guttun. Wollen Sie noch etwas Passionsblume?«

Ich finde Liza, wie sie das Kleid von Marie-Louise bügelt, das ich ihr geliehen habe, ein anderes, das blaßblau ist.

»Ich habe wunderbar geduscht«, sagt sie heiter.

Sie sieht mich an; ihr Gesicht wird länger; ich erkläre ihr das Programm für diesen Abend; sie geht hinaus, um das Eisen heißer zu machen; als sie zurückkommt, fragt sie:

»Werde ich mit dir fortgehen?«

»Natürlich, wenn ich es dir doch sage.«

Schrecklich! Sie wird mir in einem Kleid von Marie-Louise folgen! Ich mache Kaffee; das dumpfe Hämmern des Baggers, der den Brunnen aushebt, hört endlich auf. Ich atme ein wenig leichter. Eine Dusche beruhigt tatsächlich die Nerven. Es ist fast kein Eau de Cologne mehr da, zweifellos ein Zeichen des Schicksals.

»Wir müssen vor Mitternacht vom Essen wieder zu Hause sein«, erkläre ich.

»Warum? Willst du Koffer packen?«

Ich lache. Nein, wirklich nicht. Wir können genausogut von Glaser aus direkt zum Strand gehen.

Glasers Bungalow ist verblüffend, oder zumindest verblüfft er

mich. Das Mobiliar ist vor allem aus Rohr, wie überall, und Glaser hat sich, was die Ausstattung angeht, nicht viel Mühe gegeben; doch er hat da, wo es möglich war, afrikanische Statuen aufgestellt, deren Gesamtwert ich nicht einschätzen kann. Der Baga-Helm aus Guinea, der an ein Knäuel aus rosafarbenen Schlangen erinnert, und die Bambara-Statue aus Zaire sind seltene Werke. Und teuer, sehr teuer.
»Schön, nicht wahr?« meint er, als er meinen Blick sieht. »Diese zwei Stücke sind bereits an Museen verkauft.«
Ein naives oder aber freches Geständnis. Glaser handelt also mit afrikanischer Kunst. Die Ethnologie ist nur eine Maske...
»Sind Sie mit all dem hergekommen?«
»Sicher.«
»Wie wollen Sie sie mitnehmen?«
»Sie meinen heute abend?« fragt Glaser lächelnd. »Natürlich werde ich nicht eine Barke oder eine Schaluppe für mich allein besetzen können. Falls wir überhaupt heute abend fahren.«
»Was wollen Sie damit sagen?«
»Dieses ganze Programm kommt mir viel zu dramatisch vor. Die Erfahrung sagt mir, daß die Dinge viel prosaischer vor sich gehen. Wollen Sie einen Portwein? Oder Bourbon? Ich habe in einem Schrank...«
»Erklären Sie es mir, ja?«
»Ich weiß nicht viel mehr, als mein Instinkt mir sagt. Aber ich habe das Gefühl, daß es sich um eine Inszenierung handelt, die Akouli und Barrington aus der Fassung bringen soll. Es ist nur eine Intuition von mir. Also, was wollen Sie trinken?«
»Einen Portwein.«
Louise, Felicia, Margo und Madame Bo kommen zusammen. Danach Zaniek und Selena. Schließlich ein junger Schwarzer, den keiner kannte. Ein ebenholzfarbener Apollo, geklei-

det in lebhaftes Blau, bei dessen Ankunft alle vor Erstaunen erstarren.

»Jonathan Letouli. Attaché an der Botschaft der Elfenbeinküste«, stellt Glaser vor. »Jonathan hat ein Diplom des MIT, spricht also perfekt Englisch, doch zufällig spricht er auch Französisch. Was wollen Sie trinken, meine Damen und Herren?«

Margo lächelt unmerklich.

»Sie kommen vom anderen Compound?« frage ich Letouli.

»Über den Strand«, antwortet er.

»Wie haben Sie das geschafft?«

Er lächelt, zeigt dabei ganz weiße Zähne und reibt Daumen und Zeigefinger gegeneinander.

»Zwischen den beiden Compounds kann man hin und her gehen, wie man will«, erklärt er.

Margo senkt den Kopf.

»Sie wollen...« Ich bringe meine Frage nicht zu Ende.

»Heute abend hier bleiben?« sagt er ruhig. »Wissen Sie, die afrikanischen Botschaften sind auch auf dem laufenden. Ich weiß nicht«, fügt er lächelnd hinzu.

Ich habe nichts begriffen. Es fällt mir unendlich schwer, die Situation aufgrund der neuen Gegebenheiten zu analysieren. Glaser, Kunsthändler und offenbar besser informiert, als er zugibt, glaubt nicht daran, daß die militärische Operation wirklich stattfindet. Man kann problemlos zwischen beiden Compounds verkehren und dabei die Wachen schmieren. Und was macht bloß dieser schöne Schwarze hier? Ist er ein Ersatzgeschenk, das Glaser Margo macht? Oder ist er sein neuer Gespiele? Oder aber ein Komplize für seine Geschäfte? Margo jedenfalls belauert ihn heimlich, und er wirft ihr Blicke zu, die gar nicht so heimlich sind.

Wir gehen zu Tisch. Zwei fünfarmige Leuchter beleuchten eine makellose Tischdecke. Vor jedem Teller eine persönliche Karte mit Namen. Frische Schildkrötenconsommé mit Portwein. Schildkrötenfilets in Krebssuppe, geschmorte Ignamen, afrikanischer Kressesalat, kalter Papaya- und Guavensalat. Ich breche in Lachen aus. Louise auch. Alle lachen. Bewundernde Aufschreie, als Glaser zwei Flaschen Pomerol auf den Tisch stellt.

»Alles direkt aus den Kellern des *Metropole*«, sagt er.

»Siegfried«, meint Margo, »Sie sind der einzige Mensch, der mich mit der Unehrlichkeit versöhnen kann!«

»Unehrlich, ich?« fragt Siegfried, nachdem er den Wein gekostet und Felicia, die zu seiner Rechten sitzt, dann Louise, die links von ihm sitzt, eingeschenkt hat. »Viel ehrlicher, als Sie glauben, denn ich mache mir keine Illusionen über die Ehrlichkeit wie Sie. Ich glaube, daß es sie gibt, doch daß sie veränderbar und von Bedingungen abhängig ist. Es ist mir gelungen, Sie alle zum Lachen zu bringen, als Sie um Ihr Leben zitterten, und doch waren Sie dabei ehrlich.«

»Sie würden uns auch noch angesichts eines Erschießungskommandos zum Lachen bringen«, sagt Louise.

»Ich weiß nicht, ob ich Lust darauf hätte, Louise. Ich fordere die Ehrlichkeit heraus, die mir Spaß macht, und es würde mir keinen Spaß machen, mir vorzustellen, daß Sie fröhlich an den Pforten des Paradieses ankämen.«

»Sie glauben also an Gott«, stellt Felicia fest. »Allein dieser Bordeaux könnte mich an den Allmächtigen glauben lassen, aber Sie, Siegfried?«

»Wir haben nicht denselben Gott, Felicia«, antwortet Glaser.

»Warum?«

»Weil mein Gott mir allein gehört und sich nicht in Kirchen aufhält, in die ungewaschene Menschen gehen. Ungewaschen im Kopf selbstverständlich.«

»Ich bin in Ihren Augen im Kopf ungewaschen?«

»Felicia, Sie glauben an die zehn Gebote, weil Sie glauben,

sie seien von Gott selber, in weißem Gewand, an Moses, in blauem Gewand, diktiert worden. Ich weiß, daß dies eine vereinfachte Version des Codes des Hammurabi ist, des sechsten Königs der amoritischen Dynastie Babylons, der am Ende des dritten Jahrtausends regierte und sich nicht für Gott hielt. Sie glauben an eine Lüge, ich nicht. Die Consommé wird kalt.«

»Und Sie führen ein liederliches Leben, weil Sie denken, daß Moses ein Schwindler ist«, erwidert Felicia und fügt nebenbei hinzu, daß die Consommé ein Meisterwerk ist.

»Sie finden mein Leben liederlich, Felicia, und da die Stunde der Wahrheit geschlagen hat, muß ich sagen, daß ich Ihres erdrückend finde. Ich wundere mich, daß Sie nicht vor der Zeit kindisch geworden sind, weil Sie sich langweilen und Lektionen in Moral erteilen. Ich frage mich, unter uns, warum mein Leben liederlich sein soll. Das sagen Sie nur, weil Sie eifersüchtig sind.«

»Oh!« ruft Felicia aus. »Für alles Gold der Welt würde ich... ich... Oh, Siegfried, was für ein Irrtum!«

»Felicia hat uns vorgestern das Leben gerettet«, sage ich.

»Felicia hat einer Laune nachgegeben«, meint Louise. »Sie hatte absolut nicht die Absicht, uns das Leben zu retten, sie hat nur gefunden, daß dieser... dieser Soldat schlecht erzogen war, und sie hat auf ihn geschossen.«

»Sie wollten sagen: ›dieser Schwarze‹, nicht wahr?« bemerkt Letouli lächelnd.

»Seien Sie nicht rassistischer als Louise, Jonathan«, sagt Glaser. »Louise hätte sagen können ›dieser Schwarze‹, wie sie gesagt hätte ›dieser Franzose‹ oder ›dieser Kanadier‹. Louise ist rassistisch in der Seele: Alles, was nicht schottisch ist, existiert für sie nicht. Stimmt es nicht, Louise?«

Louise lächelt.

»Also«, sage ich, nachdem ich auf meine Uhr geschaut habe,

»in dreieinhalb Stunden werden die Trompeten der Apokalypse am Strand ertönen.«
»Die wunderbare Stunde der verlorenen Kugeln«, sagt Felicia, während Madame Bo die Suppentassen abräumt und tiefe Teller auflegt. »Und Sie, Margo, glauben Sie, daß Gott Sie vielleicht am Ende des Strandes erwartet?«
»Nicht derselbe wie der von Siegfried«, antwortet Margo ein wenig verlegen. »Siegfried ist verzweifelt, ich nicht. Er wartet nicht mehr, ich warte noch.«
»Was erwarten Sie?« fragt Liza, die zu meinem Erstaunen zum ersten Mal das Wort ergreift.
»Sauberkeit, Unschuld, Mut, das Natürliche.«
»Das Alter, Margo! Das Alter!« ruft Siegfried aus. »Sie fühlen sich jung, und ich weiß, daß ich alt bin.«
»Sie kaufen alles«, erwidert Margo. »Sie sind hingegangen und haben diese fabelhaften Dinge bei den Stämmen geklaut, ja, geklaut, und Sie werden diese reinen Schönheiten verkaufen!« sagt sie mit einem gewissen Maß an Wut.
»Die Schildkrötenfilets verlangen Frieden, um verzehrt zu werden«, mahnt Louise.
»Er hat sogar ein Mittel gefunden, um mich dazu zu bringen, ihm meinen Nagelfetisch zu überlassen«, sagt Margo und lacht dabei in ihrer Wut.
Glaser lächelt halb und füllt die Gläser wieder.
»Es stimmt, es ist ein sehr schöner Fetisch«, meint er. »Nicht sehr teuer, aber schön. Fast so schön wie in seiner Art Jonathan.«
Margo legt ihre Gabel hin.
»Siegfried«, sagt sie, »wenn dies hier nicht vielleicht unser letzter Abend auf Erden wäre, würde ich Sie ohrfeigen!«
»Verschieben wir die Ohrfeige auf morgen, Margo«, erwidert Glaser.
Margo lacht.

Man kommentiert die Schildkrötenfilets.
»Diese Neger sollten von Zeit zu Zeit eine Belagerung organisieren«, sagt Felicia. »Wir essen viel besser als bei Mario oder in den Botschaften!«
Jonathan bricht in Gelächter aus.
»Ich habe jedenfalls den Eindruck, daß wir ihnen eine gewisse Dankbarkeit schuldig sind. Wir wären ohne die Belagerung nicht dieselben«, wirft Zaniek ein, der plötzlich errötet aus Furcht, indiskret gewesen zu sein.
»Sehr richtig!« ruft Louise aus. »Trinken wir auf Akouli und auf Barrington!« Und sie hebt ihr Glas.
»Was wollen Sie mit dieser jungen Frau machen?« fragt Felicia Zaniek mit erstaunlicher Grobheit.
»Ich werde sie heiraten, Madame«, antwortet Zaniek.
»Was treibt Sie zu diesem Schritt?«
»Die Belagerung hat uns dazu gezwungen, zusammenzuleben. Wir haben uns kennengelernt. Ich bin glücklich mit Selena«, sagt Zaniek und wird wieder rot.
Felicia betrachtet mich einen langen Augenblick, sagt aber gnädigerweise nichts.
»Sie alle erinnern mich an eine Figur aus einem französischen Roman, den ich früher gelesen habe, als ich eine Arbeit über die literarischen Heldinnen des neunzehnten Jahrhunderts geschrieben habe. Madame Bovary. Emma Bovary. Sie war nicht zufrieden bei ihrem Mann, einem etwas düsteren Arzt in einer langweiligen Provinz. Sie hat sich in einen schönen Schwätzer verliebt, Rodolphe, ist dann in tiefste Aufregung gestürzt und hat sich umgebracht. Gibt es noch ein bißchen Wein, Siegfried? Danke. Nachdem Sie aus Ihren Provinzen geflohen sind, Sie alle, denn wir sind alle ewige Provinzler, selbst Sie, Siegfried, vielleicht vor allem Sie, mit all Ihren verblüffenden Reisen, Ihren undurchsichtigen Intrigen, Ihren machiavellistischen Machenschaften, nachdem Sie also aus

Ihren natürlichen Provinzen geflohen sind, befinden Sie sich nun in gefährlichen Regionen. Denn Afrika ist eine Provinz, in der Sie den idealen Rodolphe zu finden glauben. Und Sie werden die Moral eines winzigen Couplets eines verkannten New Yorker Dichters namens E. E. Cummings wiederfinden: *Wherever I go, I go too, and that spoils everything.* Aber keine Sorge, ich mag Sie alle, und Sie sind alle wunderbar zu mir alter Dame und Spielverderber.«

»Vielleicht haben Sie recht, Felicia, aber wenn all dies vorbei ist, werde ich wiederkommen, oder aber ich werde in Afrika bleiben«, sagt Margo. »Vielleicht bin ich eine Madame Bovary. Aber vielleicht bringt mir Afrika auch Freuden, die ich in der westlichen Welt nicht gefunden habe oder nicht finden konnte.«

»Was für Freuden?« fragt Liza.

»Die Schönheit der Natur. Die der Körper. Die Fröhlichkeit und die Spontaneität der Menschen. Ich brauche die Schönheit, um gut leben zu können. Die natürliche, wilde Schönheit, nicht die vorgefertigte Schönheit der Weißen.«

Sie kreuzt die Hände vor ihrem Körper, als habe sie ihre Autobiographie zu Ende diktiert.

»Das ist sehr hübsch, aber Craig ist fort, weil er um sein Leben gefürchtet hat«, meint Felicia.

»Er ist nicht der erste Rodolphe«, sagt Margo lächelnd. »Ich habe überlebt. Ich werde überleben.«

»Und warum kehren Sie dann nicht nach England, in Ihre Provinz zurück?« frage ich Felicia.

»Lieber Babar, ich habe hier vierzig Jahre gelebt, davon zwanzig mit meinem verstorbenen Mann. Ich habe keine Familie mehr, oder ich wüßte nicht, was ich mit denen reden sollte, die noch da sind. Außerdem ist es dort kalt, und ich bin verfroren. Schließlich ist es teuer. Hier ist es warm, man kümmert sich um mich, und ich gebe wenig Geld aus.«

Und Felicia vermischt ihren Rest Wein mit Wasser.
Die Zeit treibt auf eine Auflösung zu, die schrecklich werden kann. Verstohlen tastet Louise in ihrem Makrameebeutel nach der harten Form ihres Revolvers. Mechanisch taste ich auch nach meinem. Glaser hat gleich zwei davon. Ich habe in der Küche neben dem Öl und dem Essig den gesehen, den Louise Madame Bo gegeben hat.
»Ich habe ihr beigebracht, ihn mit zwei Händen zu halten, so«, hat Louise erklärt und ist in die Knie gegangen, wie man es so oft in Filmen sieht.
Madame Bo bringt eine große Kaffeekanne, aus der sie die Tassen vollschenkt, während sie murmelt, daß wir ihn brauchen werden.
»Sie trinken jetzt keinen Wein mehr«, befiehlt sie und räumt die – im übrigen leeren – Gläser ab.
Dann stellt sie auf den Tisch eine große Salatschüssel, gefüllt mit entkernten Papaya- und Guavenvierteln und garniert mit etwas, was wie Sahne aussieht, falls es Glaser gelungen sein sollte, Sahne aufzutreiben. Das Ganze ist mit Maraschino übergossen.
»Wie haben Sie es denn geschafft, an die Sahne zu kommen?« fragt Margo.
»Es ist keine richtige Sahne, es ist Kondensmilch, die ich mit der Gabel geschlagen habe. Mario hat sie im Kühlschrank aufbewahrt.«
»Demnächst werde ich um Ihre Hand anhalten«, meint Louise.
»Obwohl ich kein Schotte bin?« erwidert Glaser mit vorgetäuschter Unschuld.
»Ihre kulinarischen Talente wiegen diesen schwerwiegenden Mangel auf«, antwortet Louise.
»Das hätte ich Felicia erklären wollen«, sagt Glaser. »Das im trauten Heim garantierte Vergnügen ist ein Trost, der soziale

und kulturelle Affinität ersetzt.« Er unterdrückt ein komisches Lächeln.

»Seien Sie nicht so schulmeisterhaft«, gibt Felicia zurück. »Es können doch nicht alle leben wie ein ungeratener Condottiere und Gastronom, so wie Sie, der sich seine Vergnügungen nach seinem Belieben kaufen kann.«

»Das Vergnügen stört Sie, Felicia, oder?«

»Wir haben schon über all das geredet«, antwortet Felicia, probiert ihren Kaffee und bemüht sich, von ihrer Zunge einen Guavenkern loszuwerden; so entgeht sie der Frage, die ihr Louise gerade gestellt hat.

»Dabei ist das die Grundfrage, Felicia«, sagt Margo träumerisch und reicht ihren Zeigefinger einem Schmetterling, der sich auf das Tischtuch gesetzt hat. »Das Vergnügen. Das Vergnügen, das heißt Authentizität.«

»Oder die Liebe«, meint Zaniek. »Die Liebe ist Authentizität.«

»Mein Gott, diese diamantenen Sätze!« ruft Felicia aus. »Authentizität! Na und? Wollen Sie Zeugnisse verteilen? Extra-Authentizität, Authentizität erste Wahl und so weiter? Wohin hat Sie die Suche nach dem Vergnügen gebracht, Margo? Und Sie, Louise?« Louise hebt ihre großen blauen, ein wenig verblichenen Augen, die jetzt sicher etwas traurig sind. »Sie haben alle beide Ihre Art zu leben bei Artémise Bloomer gelernt, die Ihr böser Geist war.«

»Böser Geist?« fragt Louise.

»Artémise hatte, was Sie nicht haben: ein gesichertes Hinterland, wenn ich so sagen darf. Sie war sehr reich, weil sie von drei Ehemännern geerbt hatte, denn sie ertrug den Umgang mit jedwedem männlichen Zweibeiner, vorausgesetzt er war reich, wie man die Behandlung eines Zahnarztes erträgt. Sie hatte auch einen bestechenden Titel, sie war Lady Castlebough, und die Vergnügungen wurden ihr auf einem Tablett serviert. Man braucht Geld und Macht, um dem Vergnügen nachzulaufen, ohne zu riskieren, daß man allein und traurig zurückbleibt, wenn man alt ist. Nicht wahr, Siegfried? Deshalb sind Sie Kunsthändler, nicht, weil Sie die afrikanische Kunst lieben.«

»Gütiger Himmel!« ruft Glaser fröhlich aus. »Ich habe das Gefühl, schon tot zu sein und vor Gottvater zu stehen!«

Lizas Blick ruht auf mir, und ich ahne ihre Frage: Wird über das Vergnügen hinaus nichts zwischen uns bleiben? Ich weiß es nicht, Liza, und ich kann es mir nur mit Mühe vorstellen. Selbst wenn das Bild meiner Frau sich seit dem Beginn der Belagerung grausam verwischt hat, so ist sie doch meine Frau, und es wird nicht leicht sein, sie weiter zu betrügen.

Wir sehen auf unsere Uhren.

Schläge gegen die Tür ertönen. Es ist Pipes, auf seinem verwelkten Gesicht liegt jugendliche Erregung.

»Entschuldigung, daß ich Sie überfalle. Wilkins hat vor kurzem an Barrington und Akouli eine Nachricht geschickt, in der er erklärt, daß er sich unter gewissen Bedingungen ergebe. Toll, nicht?«

»Was für Bedingungen?« fragt Glaser kalt.

»Eine Gerichtsverhandlung unter internationaler Kontrolle.«

»Und Sie glauben daran?« fragt Glaser.

Pipes sieht überrascht aus.

»Es wäre doch immerhin möglich«, murmelt er.

Glaser zuckt die Achseln.

Ich erinnere mich nicht an das, was Louise gerade sagen wollte, zweifellos habe ich nicht aufgepaßt. Doch plötzlich zerbrach eine ohrenbetäubende Explosion die Fenster am Constitution Drive, gefolgt von einer zweiten, dann einer dritten.

Wir waren weiß vor Erregung.

»Bomben?« schrie Pipes verblüfft.

Schreie ertönten von der Straße her.

»Licht ausmachen!« schrie Glaser.
Schon flogen Kugeln um das Haus.
»Alle auf den Boden, die Waffen in die Hände!« rief ich nun auch. »Verteilen Sie sich im Haus!«
Die Eingangstür flog unter einem Kugelhagel auf. In der diffusen Helligkeit der Fackeln von der Straße her konnte man drei Soldaten mit Kalaschnikows im Anschlag hereinkommen sehen. Ich hockte unter dem Tisch und zielte sorgfältig auf den Kopf des einen, die zweite Kugel zerschmetterte ihm mit einem ekelhaften Geräusch den Schädel. Ich weiß nicht, wer den zweiten getötet hat, indem er ihn im Bauch traf. Doch mehrere andere eilten ihm zu Hilfe. Ich tötete einen weiteren mit einem Schuß in den Unterleib, und er stieß ein schreckliches, nicht enden wollendes Gebrüll aus. Ich wich zurück, und in diesem Moment packte mich eine eiserne Faust am Hals, um ihn mir, ich wußte es, mit einer einzigen Bewegung zu brechen. Ein unbekanntes Geräusch, ein obszönes Geräusch, gefolgt von einem Wutgeheul, einem tierischen Stöhnen, und die Faust gab langsam nach.
»Geht es dir gut?« sagte eine Stimme. Es war die von Liza.
Man vernahm einige kurze Schläge, und ich hörte Körper zu Boden fallen. Zwei Soldaten liefen nach draußen in den Garten. Ich bin sicher, daß Margo den Schatten verließ, um sie zu rufen. Sie drehten sich um. Sie schoß; sie fielen ins Gras. Ein neues Geräusch erfüllte die Nacht, und ich erkannte Hubschrauber. Darauf das Pfeifen automatischer Waffen, diesmal jedoch von oben. Ich schaute zum Fenster hinaus: Hubschrauber flogen fünfzehn Meter vom Boden entfernt den Constitution Drive entlang, ihre Scheinwerfer beleuchteten die Fahrbahn, während Maschinengewehre sie mit Schüssen belegten. Lärm von automatischen Waffen ertönte auch von der Strandseite her.
Wir blieben eine unbestimmbare Zeit noch völlig ruhig. Dann

wurde es wieder still. Die Detonationen klangen nun sehr weit entfernt. Die Hand, mit der ich meinen Revolver umklammert hielt, tat mir weh. Pipes' Stimme ertönte, genauso unerhört wie die eines Toten, der aus seinem Sarg heraus spricht.

»Ich werde Sie aufrufen«, sagte Pipes. »Antworten Sie nacheinander, und sagen Sie mir, ob Sie verletzt sind! Louise?«

»Ich bin hier. Ich weiß nicht, ob ich verletzt bin. Auf jeden Fall nicht schwer.«

»Gut. Felicia?«

Keine Antwort.

»Felicia?« rief Pipes lauter.

Noch immer keine Antwort.

»Gott!« stammelte Pipes. »Margo?«

»Hier. Am Arm verletzt. Ich weiß nicht, was es ist.«

»Da waren noch zwei schwarze Mädchen.«

»Ich bin Selena. Ich habe nichts.«

Mein Herz begann unerträglich stark zu klopfen.

»Liza?« schrie ich.

»Hier«, antwortete sie.

Ich fing an zu weinen.

»Madame Bo?«

Was mir auffiel, war Pipes' Sinn für Hierarchie und Rasse.

»Ich bin da und möchte es gern nicht mehr sein«, rief Madame Bo. »Allmächtiger Gott!«

»Babar, ich habe Ihre Stimme gehört. Sind Sie verletzt?«

»Nein. Ich weiß nicht. Nein, sicher nicht.«

»Glaser?«

»Hier, mit einer schönen Kugel in der Wade. Ich glaube, wir können Licht machen, Pipes.«

»Nicht gleich. Es sind vielleicht noch Aufständische in der Gegend. Zaniek?«

»Hier«, antwortete eine Stimme, die sicher nicht die war, die ich von Zaniek kannte.

Die Flamme eines Feuerzeuges sprühte auf.
»Was machen Sie da?« schrie Pipes. »Machen Sie das aus, Glaser, ich befehle es Ihnen! Sie werden uns noch alle umbringen!«
»*Goddammit*, Pipes! Sie sind hier nicht der Kommandant! Sie haben mir in meinem Haus keine Befehle zu geben!« schrie Glaser mit heiserer Stimme. »Sehen Sie denn nicht, daß alles vorbei ist? Verstehen Sie denn nichts?« Während er sprach oder vielmehr brüllte, zündete Glaser eine Petroleumlampe an. »Ich muß behandelt werden! Und was das Aufrufen angeht, Sie haben ja nicht mal Jonathan aufgerufen.«
»Wen?« fragte Pipes jämmerlich.
Bevor noch Glaser das Glas der Lampe ersetzt hatte, inspizierten wir das Eßzimmer, standen langsam auf, steif, bedeckt mit Glassplittern und Putz, die einen blutig, die anderen bleich. Der erste Punkt, zu dem alle Blicke hinstrebten, war Felicia. Sie lag mit naivem Lächeln am Fuße einer großen *Songyé*-Statue. Erst später wurde mir der Symbolgehalt dieses Sturzes bewußt, denn die Statue stellte den Geist der Vorfahren dar, den zu respektieren mich Felicia an jenem Abend gebeten hatte, als ich sie nach Hause begleitete. Ihre Finger umklammerten noch einen belgischen Bulldog mit Elfenbeinkolben, Kaliber 320, der bei den Engländern zur Kolonialzeit so beliebt gewesen war. Eine Gestalt sprang auf sie zu, es war Madame Bo, die in Schluchzen ausbrach. »Mrs. Felicia! Oh, oh, oh! Mrs. Felicia!« Glaser ging hinkend in sein Schlafzimmer und kam wenig später, gestützt von Jonathan Letouli, wieder heraus.
»Jemand soll doch noch die anderen Lampen anmachen«, grummelte er. »Ich werde mich operieren.«
»Hören Sie, Glaser, es ist besser, wenn Sie auf die Krankenstation der Botschaft gehen, ich...«
Glaser hörte nicht zu. Liza, die zwei Schritte von mir entfernt

stand, warf sich schluchzend an meine Brust. Ich drückte sie mit der linken Hand an mich, konnte meine Finger nicht von der Walther PKK lösen, und meine Blicke irrten zwischen Felicias Leiche und dem, was Glaser tat, hin und her. Die Kugel hatte seine Wade durchschlagen, und die Spitze des Geschosses, die noch im Muskel steckte, war zu sehen. Glaser erweiterte die Öffnung mit einem Operationsmesser, dessen Spitze er einfach in ein Alkoholfläschchen getaucht hatte; während er an allen Gliedern zitterte, bemühte er sich, die Kugel mit einer Zange herauszuziehen. Er mußte es dreimal versuchen, schnitt dabei Grimassen des Schmerzes, und der Schweiß, der ihm das Gesicht herunterlief, tropfte wie Regen auf die Wunde. Schließlich gelang es ihm, die Kugel herauszuholen, die er mit einem endgültigen Geräusch auf den Teller fallen ließ, wo sich der zuckrige Saft der Papayas und der Guaven kristallisierte. Das Blut floß reichlich aus dem Loch in seiner Wade, und Jonathan beeilte sich, es mit einer Serviette zuzustopfen. Glaser seufzte lange und stieß einen langen, leisen Schrei aus, eine kindliche Klage, die am Ende zu trokkenem Schluchzen wurde.

»Oh, my God!« flüsterte Pipes, der im Zimmer herumging. *»Oh, my God!«*

Man watete in Blut. Außer der von Felicia lagen noch fünf Leichen im Zimmer, die der aufständischen Soldaten.

Margo verließ endlich die Ecke, in der sie wie tot saß, sie machte zwei Schritte, dann strauchelte sie. Louise und Zaniek eilten herbei, um sie zu stützen und ihr zu helfen, sich zu setzen. Ihr rechter Arm war blutig. Louise goß Wasser auf eine Serviette und begann, das Blut wegzuwaschen, um die Quelle zu finden; es war eine sehr tiefe Schramme oberhalb des Ellenbogens. Die Kugel, die sie verursacht hatte, hatte ihr das Oberteil ihres Kleides zerfetzt.

Amerikanische Militärs betraten das Zimmer und blieben vor

den Leichen stehen. Pipes trat vor. Inzwischen holte Glaser eine Spritze aus seinem Plastiketui, mit zitternden Fingern zerbrach er eine Ampulle, zog deren Inhalt auf die Spritze und injizierte sie sich in den Hintern, nachdem er den Gürtel seiner Hose gelöst hatte. Er war grün im Gesicht.
»Look here«, sagte einer der Amerikaner, *»we must get you on the board infirmary!«*
»Ich brauche Ihre Krankenstation nicht«, antwortete Glaser. »Ich habe mir gerade die Kugel herausgezogen und mir zweihunderttausend Einheiten Penicillin verabreicht. Wenn Sie sich nützlich machen wollen, bringen Sie die Leichen dieser Soldaten hinaus und lassen Sie uns später Beruhigungsmittel schicken.«
Obwohl seine Stimme schwach war, duldete der Ton keinen Widerspruch. Die Amerikaner begannen, die Leichen hinauszuschaffen.
»Ich werde unseren Geistlichen holen«, sagte Pipes.
Seine Frau wollte ihn gerade holen, als er hinausging, und warf sich ihm an den Hals. Liza wischte mir das Gesicht ab. Das Glas hatte mir die Kopfhaut aufgeschnitten, und das Blut war bis zu meinem Mund geronnen. Ich half Jonathan, Glaser auf sein Bett zu tragen, sein Bein mit Hilfe von Kissen hochzulegen und es ruhigzustellen.
Die Gärten waren voll von amerikanischen und französischen Militärs. Margo trank Kaffee. Tränen liefen Louise über das Gesicht. Zaniek und Selena begleiteten Margo in die Krankenstation der britischen Botschaft, damit sie dort den Arm verbunden bekam und ebenfalls eine Spritze mit Antibiotika erhielt.
»Ich gehe nach Hause«, sagte ich zu Louise.
Ein französischer Leutnant trat heran.
»Gehen Sie schlafen«, sagte er zu mir, nachdem er mich betrachtet hatte.

»All diese Leichen...«, stammelte ich.
»Sie sollten mal die Straßen sehen«, antwortete der Franzose.
Danach weiß ich nichts mehr. Doch. Ich habe Liza geliebt, und während des Orgasmus habe ich geschrien und geweint. Sie nahm mich in die Arme wie ein Kind. Auch ihr Gesicht war tränenüberströmt, ich weiß nicht, ob es ihre Tränen waren oder meine. Ich schlief ein, hatte Alpträume. Ich stand auf, um etwas zu trinken, dann ging ich in den Garten. Elektrische Lichter blitzten überall auf dem Compound. Ein ganz sanftes Brausen erfüllte die Nacht. Wie der Gesang der Mondfische.

11

Am Nachmittag des nächsten Tages erfuhren wir, was passiert war. Der Botschafter hielt seinen kleinen Rat um vier Uhr ab. Kurz vor der Landung, die ja für Mitternacht vorgesehen gewesen war, ließ Sebastiano Wilkins den Aufständischen sein Angebot, sich zu ergeben, zukommen, zur großen Überraschung der amerikanischen Botschaft. Das hatte Pipes uns verkündet. Doch das Angebot verbarg eine List von Wilkins; diese zielte darauf ab, daß Pépé Akouli und Boniface Barrington sich berieten, und da sie beide eitel waren, so hatte Wilkins sich ausgerechnet, würden sie diese Beratung in seinem eigenen Büro, im Präsidentenpalast, abhalten. Was sie nicht wußten, war, daß Wilkins in den Tagen vor dem Aufstand Sprengkörper in allen Gebäuden des Präsidentensitzes installiert und diese mit Auslösern ausgestattet hatte, die per Funk zu betätigen waren. Die Botschaft der Vereinigten Staaten, in die er sich geflüchtet hatte und die weniger als zweihundert Meter vom Präsidentensitz entfernt war, war die Zentrale der Fernbedienung, die Wilkins selber ausgelöst und die perfekt funktioniert hatte. Der alte britische Gouverneurspalast und die zwei angrenzenden Gebäudeteile, in denen die Generalstäbe von Akouli und Barrington untergebracht waren, flogen in die Luft und begruben die Anführer der Rebellion und ihre Offiziere. Das waren die drei Explosionen, die wir gegen zwanzig vor zwölf Uhr nachts gehört hatten. Die unteren Dienstgrade, die an eine geheimnisvolle Bombardierung und also an einen Verrat der Weißen glaubten, hatten daraufhin den Compound gestürmt. Hatte uns Wilkins mit Zustimmung der Botschaften der Vereinigten Staaten und Frankreichs dem Massaker ausgesetzt? Ich neige dazu, es zu glauben: Die zwanzig Minuten – die mir wie Stunden vorkamen –, die den Ansturm der Aufständischen von der Ankunft der amerikanischen und französischen Hubschrauber trennten, scheinen mir eine sicher auf ein Minimum eingeschränkte Verzögerung darzustellen, die jedoch die militärische Operation rechtfertigte, die die Botschaften schützen sollte. Diese Operation nahm so das unwiderlegbare Aussehen einer humanitären Intervention an. Trotzdem ist Felicia Cook das Opfer dieser Berechnungen geworden.

Nicht nur sie; es gab noch vier andere Opfer des Ansturms der Aufständischen, vor allem in den Gebäuden, die in der Nähe zur Grenze des Compound liegen. Doch Felicia habe ich gekannt!

Um sieben Uhr abends, als Liza und ich einen tiefen und ungesunden Schlaf schliefen, wurden wir von einem ungewohnten Gefühl geweckt: Das Schlafzimmer war in elektrisches Licht getaucht. Ein Summen informierte uns darüber, daß die Einheiten für die Klimaanlage wieder funktionierten. Zehn Minuten später zeigten krampfartige Geräusche und Kickser in den Rohren an, daß die Wasserversorgung wieder lief. Ich stand mühevoll auf, um die Wasserhähne ganz zu öffnen; Schwälle von schlammigem, orangefarbenem Wasser schossen heraus. Um acht Uhr konnten wir uns mit warmem und fast sauberem Wasser duschen.

»Wir werden bei Mario essen«, sagte ich.

Sie senkte den Kopf.

»Ich glaube, ich werde lieber nach Hause gehen«, meinte sie mit erstickter Stimme.

»Ich glaube, daß du lieber mit mir bei Mario zu Abend essen wirst«, drängte ich.

Sie sah mich mit jenem erstaunlich trüben Blick an, den die Afrikaner angesichts von Krankheit, Tod, Verrat, eben dem Schicksal, annehmen können.
»Ich habe nichts in deinem Leben zu suchen«, sagte sie. »Du bist verheiratet. Deine Frau wird anrufen. Du wirst zu deiner Vergangenheit zurückkehren. Und zu deiner Zukunft.«
Wie mit Absicht klingelte tatsächlich das Telefon. Und es war wirklich Marie-Louise. Schreie, Schluchzen, unentwirrbare Sätze... Nein, es war absurd zu dramatisieren; mir ging es gut. Man mußte die Nerven beruhigen. Ich war ein wenig erschöpft. Alles würde wieder seinen Lauf nehmen. Der Flughafen würde in wenigen Tagen neu erbaut werden. Und eine Lüge: Ich konnte das Gespräch nicht länger hinziehen, man erwartete mich in der Botschaft. Küsse, Aufrufe zur Gelassenheit.
Liza saß nackt in einem Sessel und hörte dieser Hälfte eines Gesprächs in einer fremden Sprache zu.
»Zieh dich an«, sagte ich wieder. »Du ißt mit mir. Du schläfst heute abend hier. Und morgen. Und übermorgen.«
Und ich dachte, daß die Welt ungerecht ist und daß sie den Reichen gehört und daß Liza für mich mehr Reichtum bedeutete als Marie-Louise. Und Liza rührte sich nicht.
»Ich hätte gestern sterben sollen«, murmelte sie. »Oder dich töten lassen sollen.«
Ich kniete mich vor sie hin.
»Ich verstehe, was du sagst, aber du hast unrecht. Komm, zieh dich an. Morgen werden wir dir eigene Kleider kaufen.«
Sie fing an zu weinen.
»Was willst du mit einer Hure anfangen?« fragte sie. »Schon jetzt wird es schwierig sein, in mein Leben zurückzukehren. Danach wird es furchtbar sein.«
»Es wird kein Danach geben.«

Ich ging, um uns zwei Whiskys einzuschenken, und reichte ihr einen.
»Ich habe Angst«, sagte sie.
»Wovor?«
Sie zuckte die Achseln, wie um zu sagen: »Ich weiß nicht.« Wie hätte sie es wissen sollen? Doch ich wußte es; sie hatte Angst vor einem plötzlichen Wechsel des Milieus, davor, ein Papagei oder ein Affe in einer fremden Stadt, bevölkert von Weißen, zu sein, deren Sprache sie nicht sprach. Ich war weiß, sicher nicht sehr reich, doch immer noch reicher als sie, und geschützt durch ein zusammenhängendes soziales System; ich konnte mich entschließen, sie mir als Geliebte zu nehmen; ich war in der Hinsicht nicht viel anders als die großen europäischen Händler der Sklavenküste, die im letzten Jahrhundert Sklavinnen als Geliebte nahmen. Darin bestand mein Vergnügen, und tatsächlich handelte es sich für sie um mein Vergnügen. Um ein Vergnügen, das derart tyrannisch geworden war, daß ich ins Auge faßte, ihm eine bis dahin ruhige, sogar glückliche Ehe und meine Achtbarkeit, ja vielleicht sogar meine diplomatische Karriere zu opfern. Wir kehrten so zu den Gesprächen mit Margo zurück; was war für mich am wichtigsten, das abenteuerliche Vergnügen oder die Sicherheit der Heuchelei? Die fieberhafte Trunkenheit der Belagerung war vorbei; nun mußte man wählen, mit kühlem Kopf. War das Vergnügen wirklich Gott und der Gesang der Mondfische? War das wirklich mein Gott?
Schweigend tranken wir, ich im Slip, sie nackt. Dann plötzlich erinnerte ich mich an einen Satz, den sie gerade gesagt hatte: »Oder dich töten lassen sollen.« Was hatte sie damit sagen wollen? Wir hatten nicht die Zeit gehabt, über die furchtbare Nacht bei Glaser zu sprechen; hatte sie den Soldaten getötet, der versucht hatte, mir den Hals zu brechen?
»Ich war es«, sagte sie. »Ich war die ganze Zeit neben dir.«

Das verwirrte mich zutiefst. Sie hatte mich also als ihren Mann angesehen, zumindest bis zur Rückkehr ins normale Leben. Sie hatte für mich Gefühl und Hingabe genährt; vielleicht war es immer noch so.

»Zieh dich an«, sagte ich. »Wir werden hier nicht Hungers sterben. Es gibt fast nichts mehr zu essen im Haus.«

»Ich will nicht wieder ein Kleid von deiner Frau anziehen. Das ist mir sehr unangenehm.«

»Sehr gut«, meinte ich nach einer gewissen Zeit. »Warte hier auf mich.«

Ich zog mich an und ging zu Margo. Mit eingebundenem Arm, blaß, aber lächelnd machte sie sich auch gerade für das Essen bei Mario in Begleitung von Louise zurecht. Sie erwartete mich mit unerwarteter Wärme und warf sich mir in die Arme; ich küßte sie auf die Wange, und sie fing an zu weinen.

»Es ist so schön, Sie wiederzusehen ... Entschuldigen Sie ...«, sagte sie, während sie sich die Tränen trocknete. »Kommen Sie mit uns zum Essen, holen Sie Liza ...«

»Dort liegt das Problem, weshalb ich zu Ihnen gekommen bin. Liza will nicht wieder ein Kleid von meiner Frau anziehen. Verzeihen Sie die Frage, aber könnten Sie ihr nicht für heute abend ein Kleid leihen?«

Margo sah mich ernst an. Hatte ich eine Dummheit begangen?

Dann lächelte sie.

»Liza ist ein ... sehr nettes Mädchen«, sagte sie. »Warten Sie einen Augenblick.«

Ich wartete mit Louise.

»Margo ...«, begann Louise. Dann verstummte sie. »Entschuldigen Sie mich«, murmelte sie. »Margo ist eine außergewöhnliche Frau.«

Wir waren ganz offenbar bei den Komplimenten. Margo kam mit einem Kleid mit sehr lebhaften Querstreifen zurück. »Ich

hatte es aus einem sudanesischen Stoff in Khartum schneidern lassen. Es war ein wenig zu klein für mich. Und geben Sie Liza auch das hier«, fügte sie hinzu und reichte mir einige Schmuckstücke, eine Elfenbein- und Korallenkette, vergoldete Ohrringe oder Goldohrringe, ich weiß es nicht.
Liza empfing diese Geschenke mit kindlicher Freude. Es war das erste Mal, seit ich sie kennengelernt hatte, daß ich sie lachen sah, und das schnitt mir merkwürdigerweise ins Herz. Im Restaurant stürmte sie mit unwiderstehlichem Schwung Margo entgegen. Margo strahlte.
Im Restaurant war es ungeheuer voll. Mario hatte zusätzliche Tische auf dem Rasen aufstellen lassen, doch man mußte trotzdem fast eine Stunde warten, bis man bedient wurde. Mario bot Champagner an, und zahlreiche andere Leute vom Compound zahlten ebenfalls Runden. Zaniek und Selena kamen zu uns und umarmten uns. Dann erschien Glaser, auf einer Seite auf einen Stock und auf der anderen auf Jonathans Schulter gestützt. Tränen standen in Louises Augen.
»Morgen um zehn Uhr wird es in der All Saints' einen Gedenkgottesdienst für Felicia geben«, sagte sie.
Wir tranken auf Felicia. Doch das Fest forderte sein Recht, um so mehr, als gegen elf Uhr die amerikanischen und französischen Militärs ihren Auftritt hatten. Man erleuchtete den Ballsaal. Alle waren ein wenig betrunken, sogar das Personal der amerikanischen Botschaft. Die Musik erscholl in der Nacht und übertönte das allgemeine Stimmengewirr. Man tauschte Tausende von Informationen aus. Wilkins, der sich im Postgebäude niedergelassen hatte, hatte eine neue Regierung gebildet. Die M'was besetzten die Stadt. Ach ja, die Stadt! Wir hatten Georgetown vergessen. Der Botschafter der UdSSR hatte an alle Botschaften des nördlichen Compound Glückwünsche gerichtet, aber er hatte auch öffentlich seiner Wut vor dem Botschafter der Zentralafrikanischen Republik freien

Lauf gelassen, der sich beeilt hatte, dies dem französischen Botschafter mitzuteilen... Ein wenig erschöpft machte ich nach dem Essen eine Runde. Im Ballsaal tanzte Wacheux eine Art absurden Mambo mit einer Unbekannten, und in der Ferne entdeckte ich Maugras, ein Glas in der Hand; sein Arm steckte in einer Schlinge.

Liza und ich gingen schlafen, nachdem wir Louise und Margo heimbegleitet hatten. Ich stellte das Telefon ab. Ich hatte keine Lust mehr zum Denken. Eine etwas schwierige Zukunft erwartete mich. Liza und ich liebten uns noch einmal. Die Geräusche des Festes hörten, glaube ich, noch lange nicht auf.

12

Was folgte, ist in meiner Erinnerung ein wenig verschwommen. Unbehagen verändert das Zeitgefühl, verlängert und verkürzt den Zeitablauf so, daß man nachher nicht mehr sicher ist, ob ein bestimmtes Ereignis gleichzeitig mit einem anderen stattfand, ihm folgte oder ihm vorausging. Und ich erlebte ein starkes Unbehagen, entstanden aus der Furcht, die das Schuldgefühl mit sich bringt. Dieses Unbehagen wurde verursacht durch meinen Entschluß, Marie-Louise zu verlassen, das heißt, ihr die Scheidung vorzuschlagen.
Ich konnte mir ohne Mühe ihren Kummer, dann ihre Empörung vorstellen, wenn sie erführe, daß ich ihr, also wirklich!, eine afrikanische Hure vorzog. So vorgetragen, konnte diese Entscheidung auf keinerlei Verständnis stoßen. Ich war bis jetzt sicher weder ein Schurke noch ein Schürzenjäger gewesen. Als Diplomat aus ausgezeichneter Familie, ich habe es schon gesagt, und verheiratet mit einer Frau aus den gleichen Kreisen, konnte ich darauf hoffen, daß meine Karriere in einigen Jahren mit dem Rang eines Botschafters enden würde. Ich hatte, wie man so sagt, Profil. Und Marie-Louise trug dazu bei. Dann plötzlich hatte mich ein unverständlicher Schwindel gepackt oder, wenn man sich die Mühe gab, es zu analysieren, ein verkommener Schwindel. Marie-Louise würde also nicht – und ich war mir sicher, daß dies zu ihrer Wut beitragen würde – Botschafterin werden. Zweifellos machte ich ihr Leben kaputt, zumindest für einige Zeit.
Hätte ich mir denn nicht vorstellen können, eine heimliche

Beziehung zu unterhalten, die mir ohne Bruch die Freuden sicherte, die nun drohten, mich zu verderben? Ich hatte daran gedacht, denn welcher Mann faßt nicht den mittelfristigen Zeitraum ins Auge, der ihm die Leiden der Entscheidung erspart! Nein. Und dort lag das Zentrum der Angelegenheit: Ich brauchte Liza! Ich dachte dies in voller Überzeugung und kampfbereit. Ich konnte mir nicht vorstellen, dieses schlanken, biegsamen und festen Körpers beraubt zu sein, dieser kleinen und vollen Brüste, dieses ebensolchen Hinterns, ihrer wohlgeformten, makellosen Beine, dieses Geschlechtes, das, trotz Lizas Gewerbes, mit einem wilden Eigenleben ausgestattet zu sein schien und neben dem das »andere« mir vorkam, als sei es nur eine laue Definition in einem Wörterbuch. Ich konnte mir nicht vorstellen, dieser gehorsamen Tierhaftigkeit beraubt zu sein – so wie ein Dompteur untröstlich wäre, wenn man ihm die Wildkatze nähme, die er dressiert hat. Nein, nein und nein! Im Gegensatz zu dem, was man hätte erwarten können, hatte die Ruhe, die allmählich nach der Belagerung wieder eingekehrt war, in keiner Weise meinen Geist abgekühlt. Im Gegenteil: Sie erlaubte mir, das, was ich während des Alptraums erworben hatte, besser einzuschätzen, die seidige Haut und den Duft von Lizas schwarzem Körper und die Jugend, die sie mir wiedergeschenkt hatte.
Das Bett mit Marie-Louise zu teilen wäre nun nichts anderes gewesen als eine lange Lüge, in der ich alt geworden wäre, und das um so schneller, als ich endlich die Jugend kennengelernt hatte. Und niemand auf der Welt könnte mir die Lüge aufzwingen, genausowenig, wie mir jemand meine Jugend wegnehmen würde!
Und dann dachte ich an das Gespräch, das ich eines Abends mit Margo geführt hatte, daß nämlich die Schönheit der Widerschein Gottes und die Lüge der Tod sei. Zumindest interpretierte ich dieses Gespräch jetzt so. Das nahm mir nicht

meine Schuldgefühle, doch es gab mir die Kraft, sie zu ertragen. Und die Kraft, so zu tun, als ob alles in Ordnung sei, wenn in den folgenden Tagen nach dem Ende der Belagerung Marie-Louise ununterbrochen anrief, ohne zu wissen, daß sie mir über die entmaterialisierten Hertzschen Wellen nur das Verwelken und den muffigen Geruch toter Blumen brachte.

Bei jedem Anruf verkündete sie ihre Ankunft trotz der Tatsache, daß die Landebahnen des Flughafens zerstört waren; sie beschwor die schwärmerische Möglichkeit herauf, auf Pirogen den Fluß hinunterzufahren, den Busch von benachbarten Hauptstädten aus zu durchqueren oder mit Hilfe von kleinen Touristenflugzeugen zu kommen. Naive Hirngespinste, die vor allem von der Kraft der ehelichen Liebe zeugen sollten und denen ich mich im Namen einer fiktiven Liebe widersetzte, im Namen aller möglichen Gefahren, Schiffbruch, Krankheiten, Bruchlandungen und sogar Vergewaltigung. Der Flughafen würde erst in einigen Wochen wieder aufgebaut sein, und so gesehen war mir eine gewisse Ruhepause sicher.

Doch diese Pause würde ganz bestimmt nicht dauern, bis die Landebahnen wieder repariert wären: Ich mußte eine schnelle Entscheidung treffen, denn es waren bereits Gerüchte über einen Skandal in Umlauf. Wenn während der zwei, drei Tage Unordnung, die dem Ende der Belagerung gefolgt waren, Lizas Anwesenheit nicht allzusehr bemerkt worden war, so stellte sie danach eine Herausforderung für den Anstand dar. Man hatte einige Tage lang gern an das halbe Märchen eines leichten Mädchens glauben wollen, das sich auf den Compound geflüchtet hatte und vor allem zu mir, und das mich auf seine Weise für meine menschliche Großzügigkeit belohnte, aber sobald die Ordnung wieder zurückgekehrt war, wurde es klar, daß Liza weder in einem anständi-

gen, christlichen Heim noch auf dem Compound mehr etwas zu suchen hatte. Die Blicke von Eysterck, von Wacheux, von Henrietta und Missy lagen weniger milde auf mir und wurden schließlich ganz offen kalt. Als die Botschaft, wie alle anderen, einen Empfang im Garten gab, informierte mich der Sekretär des Botschafters ohne Umschweife:
»Man wünscht, daß Sie ohne die junge Person kommen, die bei Ihnen wohnt.«
Liza und ich aßen deshalb entweder zu Hause oder bei Louise, oder aber im *Relais des Tropiques* des Hotels *Metropole*, das wieder eröffnet worden war. Doch der Aufschub, den ich genoß, war allmählich nicht mehr in Tagen, sondern in Stunden zu messen.
Ich hätte meine Entscheidung sofort getroffen, wenn ihre materiellen Folgen mich nicht abgeschreckt hätten. Ich müßte meinen Dienst quittieren, mein Haus verlassen, auf meine Einkünfte verzichten. Wovon sollte ich leben? Es kam nicht einmal mehr in Frage, einen Bungalow auf dem Compound zu mieten, ich mußte ihn und sogar Georgetown verlassen. Wohin sollte ich gehen? Und mit jeder Stunde wurde mir stärker das Ausmaß des Druckes klar, den die Gesellschaft auf mir lasten ließ. Ich konnte nicht mehr schlafen.
Louise und Margo waren auf dem laufenden über mein Dilemma. Eines Abends – es war der vorletzte, den ich in Georgetown verbrachte, doch das wußte ich noch nicht – lud mich Louise zum Essen ein. Ich fand, als ich ankam, bei ihr Margo, Glaser und Jonathan vor.
»Ich habe mit Siegfried gesprochen«, sagte Margo.
Ich sah nicht, was es bringen sollte, Glaser zu informieren. Doch ich begriff es, sobald dieser das Wort ergriff.
»Ich schlage Ihnen vor, für mich zu arbeiten«, sagte er.
Und während er fortfuhr, packte mich so etwas wie Schwindel, und die Schmetterlinge, die ich bisher nur mit einem

ebenso geringen Interesse betrachtet hatte wie sie sich selber, kamen mir nun vor wie echte Lebewesen, mit denen ich den Rest meines Lebens verbringen sollte, fast wie Verwandte. Wie die Mondfische, wie die tanzenden Hunde. Mein Leben sollte ins Schwanken geraten, es wankte bereits in den Eingeweiden dieses Kontinents aus Schweiß und Mondberauschtheit, aus sprudelndem Blut und flüchtigen Blumen. Ein Kontinent, in dem Tod und Leben so eng, so obszön miteinander verwoben waren, daß mein kleines Hirn hier alle Leinen losmachte. Denn das erste Opfer, das während dieser Belagerung gefallen war, war ich, und ich sah mich wie das Opfer in einem Film in Zeitlupe zusammenbrechen. Vielleicht mußte ich es sogar ins Auge fassen, meine Identität zu verändern. Bei den Tarotkarten, die meine Mutter mit wissender Miene legte, war doch schließlich der Tod, richtig gelegt, das Symbol der Erneuerung.

Glasers Vorschläge waren sicher mehr als ehrenhaft; zusätzlich zu einem Gehalt, das fast dem auf meinem Posten gleichkam, bot er mir einen Anteil am Gewinn des Unternehmens am Jahresende an. Denn Glaser leitete eine Firma, die ihren Sitz in Freetown, Sierra Leone, hatte. Offiziell kaufte und verkaufte er ethnologische und archäologische Objekte von Ägypten bis Angola und von Volubilis bis Kapstadt. Doch ich hätte sicher sein wollen, daß er nichts anderes verkaufte, Waffen beispielsweise. Das Wort »mitgehangen« kam mir natürlich in den Sinn. Ja, ich hing mit drin.

Ich sagte mehrere Minuten nichts, sah Glaser an und bemühte mich, die Geheimnisse zu entziffern, die unter der von seinen Falten begrenzten Aufgeschwemmtheit lagen, unter dem verwaschenen Blau seiner Augen, unter den ständig sich bewegenden Winkeln seines kleinen Mundes. Ich erinnerte mich an seine Frechheit bei jenem Abendessen, als er mich als Heuchler beschimpft hatte. Mit seinem Hinken, denn er stützte sich nun auf einen Stock, und dem kalten Blick, der hinter seiner Brille lauerte, erinnerte der Mann, mit dem ich mein Schicksal verbinden würde – denn so war es, es hatte keinen Sinn, es zu leugnen, und der Schrecken, den er mir einflößte, war sogar noch Teil seiner verführerischen Art –, an irgendein Bild vom Teufel, das zweifellos aus einem alten Film stammte. Dieser ehemalige Priester hatte mir aufgelauert, mich mit seinem Sarkasmus überhäuft, und nun bemächtigte er sich meiner Person ... Um noch so zu tun, als mache er mir angst – aber ich war auch nicht sehr beruhigt –, sagte ich mir, daß er als echter Teufel mich in die Tiefen des schwarzen Afrikas schleppen würde, wo ich dann von seiner Gnade abhinge, in natürlich undurchsichtige Händel verstrickt, Geschichten mit Knaben, in Bettgeschichten, die mit Schlangensaft geölt würden. Denn Glaser war undurchsichtig; er wußte zu viel, um ehrlich zu sein. Er hatte es geahnt, daß, selbst wenn die amerikanisch-französische Landung stattfinden sollte, wir uns nicht zu den Gebäuden begeben würden, die uns im Prinzip bestimmt waren. Er hätte nicht leichten Herzens auf das Vermögen an Kunstgegenständen verzichtet, das er in seinem Bungalow angehäuft hatte; er hätte es auch nicht aufs Spiel gesetzt, und wenn er Zweifel über den Ausgang des Konflikts gehegt hätte, hätte er dieses Vermögen an einem sicheren Ort in einer afrikanischen Botschaft deponiert. Er wußte zweifellos auch, daß Wilkins den Präsidentensitz vermint hatte und daß die Explosion den heroischen Plan umstürzen würde, den man uns offiziell dargelegt hatte. Und nur Wilkins selber hatte ihm das anvertrauen können, was hieß, daß der Potentat ein ungeheures Vertrauen in ihn setzte. Außerdem hatte er niemals beunruhigt durch die Belagerung gewirkt, hatte sich Alkohol und Lebensmittel besorgt und vielleicht sogar im Lager der Aufständischen Kontakte unterhalten, wie er sie auch in Wilkins' Lager bewahrt hatte. Es

kam mir in den Sinn, daß er genau wie Barrington ein ehemaliger Priester war. Zweifellos kannten sie sich.
Glaser war also universell, wie der Teufel, und er übte eine unermeßliche Macht durch sein Geld aus und durch die Fähigkeit, Menschen zu durchschauen. Hatte er mein künftiges Verhalten vorausgesehen bei jener Unterhaltung, bei der er die Intelligenz bis an ihre Grenzen getrieben hatte? Es war zu befürchten. Ich konnte mir sogar vorstellen, daß er in diesem Augenblick mein zukünftiges Verhalten vorausahnte, von dem ich selber noch nichts wußte. Aber ich hatte keine Wahl, und das wußte er.
»Sie sehen nachdenklich aus«, sagte er nach einiger Zeit.
»Kein Wunder. Ich versuche, mir über die Gründe Ihrer Fürsorge klarzuwerden.«
»Es sind sicher nicht die, die Sie befürchten könnten«, antwortete er mit einem halben Lächeln. Eine absichtlich verletzende Erklärung. »Vielleicht, Babar, bin ich großzügiger als jener Gott, an den man sich so unvorsichtig wendet.«
Diese Arroganz! Trotzdem dankte ich ihm, und das sogar überschwenglich.
»Wir fahren übermorgen mit dem Auto«, sagte er. »Ich habe einen Konvoi aus Allradfahrzeugen organisiert. Seien Sie also um sechs Uhr früh bereit. Mit Liza.«
Wir hoben unsere Gläser auf die Reise, auf meine Zukunft, auf das Blühen des Unternehmens. Die Augen von Louise und Margo blieben auf mich gerichtet, wie die von zwei Schutzgottheiten. Ich stand auf, um sie zu umarmen.
»Ich glaube, Sie werden so glücklicher sein«, murmelte Margo.
»Sie haben mein Leben verändert«, erwiderte ich.
»Nur weil es in Ihnen genug Leben gab, damit es sich ändern konnte.«

»Madame Bo, wollen Sie Liza holen?« fragte Louise. Denn ich war ohne Liza gekommen.
»Und Sie?« fragte ich Louise und Margo.
»Ich war in Georgetown nur auf der Durchreise«, antwortete Margo. »Ich muß auch eine Entscheidung treffen. Entweder schließe ich mich Ihrem Konvoi an, oder ich nehme in einer Woche eine Frachtmaschine, die von Georgetown nach Bissau fliegt. Ich muß auf jeden Fall in fünf Wochen in die USA zurückkehren, um meine Arbeiten zu veröffentlichen. Doch ich werde im Herbst nach Afrika zurückkommen.«
»Und Sie, Louise?«
»Ich bleibe noch ein Jahr hier. Danach schickt man mich möglicherweise nach Argentinien. Aber ich weiß nicht, ob Afrika mir nicht fehlen wird und ob ich nicht versuchen werde, nach Kenia zu kommen.«
Was für Hoffnungen, für Leiden, für Bedauern diese Worte nicht verhüllten! In Kenia hatte Louise die Intimität, den Luxus und zweifellos auch das Bett von Artémise Bloomer geteilt, der Lady Castlebough; das war sicher die glücklichste und entscheidendste Zeit ihres Lebens gewesen. Und in ihrer Nostalgie wollte sie dort unten den Spuren entschwundener Düfte nachschnuppern. Was Margo anging, so schien mir ihr Wunsch abzureisen das Bedürfnis zu überdecken, in ihrem Gedächtnis die Erinnerung an Craig Mommersley zu vergraben. In diesem Fall hatte sie Mommersley wirklich geliebt, und zweifellos war es die Wunde, die durch diesen Bruch verursacht worden war, die sie Jonathan Letouli hatte zurückweisen lassen.
Am nächsten Morgen bat ich um eine private Unterredung mit dem Botschafter. Er machte einen nachdenklichen Eindruck und sah mich vorwurfsvoll an. Als ich ihm aber meine Demission verkündete, wirkte er niedergeschmettert.

»Aber wirklich!« rief er aus. »Sie hatten eine brillante Karriere vor sich, sie sollten nach Moskau berufen werden, ein Posten, um den einen alle beneiden, Sie haben eine wunderbare Frau! Ich möchte annehmen, daß Ihr Verstand vorübergehend verwirrt ist, aufgrund der Angst, die diese schreckliche Belagerung in uns allen ausgelöst hat. Überlegen Sie sich doch Ihre Entscheidung bitte noch einmal!«
»Sie ist unwiderruflich«, sagte ich, bekümmert über seine Bestürzung.
Und ich sagte mir, daß ich gerade noch davongekommen war, denn in Moskau mit Marie-Louise auf dem diplomatischen Compound dort eingeschlossen zu sein, sei es auch nur bildlich gesprochen, wäre mir offen gesagt widerlich gewesen.
»Dies alles für eine Frau?« fragte der Botschafter und stand auf, um den Garten zu betrachten.
Dort bogen sich die Bougainvilleen, unter denen Jeremy ruhte, in der Brise.
»Für mich«, antwortete ich.
Fragend drehte er sich um. Ich war mir weder meiner Worte noch meiner selbst mehr so sicher.
»Ich finde es schwierig, nein, unmöglich, ohne Freude zu leben. Ich bin erstickt. Was ich gelebt habe, war falsch.«
Und ich versuchte durch meinen Blick auszudrücken, was meine Worte nicht vermochten. Doch wie sollte ich einem Botschafter den Gesang der Mondfische, den Tango der Hunde erklären? Er schüttelte den Kopf.
»Und was werden Sie tun?«
Ich umriß es ihm kurz. Es gelang ihm nicht, die Bestürzung aus seinem Gesicht zu wischen.
»Ich fahre morgen«, fügte ich hinzu.
»Ich kann Ihnen nur viel Glück wünschen und so wenig Reue wie möglich«, sagte er und reichte mir die Hand.
Als ich die Tür schloß, hörte ich, wie er durch seine Sekretärin

Zaniek rufen ließ. Zweifellos würde dieser die Nachricht an den Minister verfassen. Heimlich lachend, stellte ich mir die Interpretationen, eine haarsträubender als die andere, vor, die meine Kollegen tagelang bewegen würden.
Ich ging ein letztes Mal in mein Büro, um einen Brief an Marie-Louise zu schreiben. Es wurde Abend, als ich fertig war. Ich legte den Brief in den Koffer, der mit Hilfe von Küstenfahrzeugen aus Bissau langsam davonfahren würde.
Während ich schrieb, stellte ich mir vage vor, wie Marie-Louises Enttäuschung durch ihren Haß rasch gelindert würde. Denn sie konnte hassen. Man würde sie sicher trösten, indem man ihr sagte, daß ich sie betrogen hatte. Aber man betrügt nur die Seinen, und sie gehörte nicht mehr zu den Meinen, sondern zu einer Welt, die ich verwarf. Denn ich glaube, daß es im Grunde keinen Verrat gibt. Alles Verlassen wird durch die Notwendigkeit zu überleben verursacht.
Dann ging ich in dem letzten Pinselstrich der untergehenden Sonne baden. Ich war glücklich wie ein Kind, das der Schule für die großen Ferien entflieht. Ich lachte in dem lauwarmen Wasser. Ich trat in eine Bank aus silbrigen Fischen, geschmückt von einem blaßgelben Strich; es kam mir vor, als ob sie um mich herumtanzten. Während ich mich abtrocknete, schwebten schon Falter und Motten unter den Araukarien. Und diesmal nahm ich deutlich den Duft der blühenden Mangobäume und des Stechginsters wahr.

Zangel [illegible] ließ [illegible] wurde [illegible] die Nachricht an den Minister [illegible] Helmut [illegible] stellen [illegible] die [illegible] andere [illegible] meine [illegible]

Ich ging an diesem [illegible] in mein Büro um einen Brief an [illegible] zu schreiben. Es [illegible] Abend [illegible] Ich [illegible] legte den Brief in den Koffer [illegible] geheime [illegible]

Während ich [illegible] stand [illegible] wie [illegible] durch [illegible] wurde. Der [illegible] Menschen [illegible] ihn [illegible] nicht mehr zu den Mühlen [illegible] und [illegible] Alles [illegible] durch die [illegible]

Da [illegible] in [illegible] Sonne [illegible] Stadt auf die großen [illegible] dem [illegible] Wasser [illegible] Fischen. [illegible] von [illegible] Stunden [illegible] mich [illegible] Während ich [illegible] Monden [illegible] Männer [illegible] und [illegible] Wald.